U0093341

風雲時代

風雲時代

Shills Can't Cash Chips

新編賈氏妙探

之22 躲在暗處的女人

賈德諾 Erle Stanley Gardner 著 周辛南 譯

目錄
Contents

Shills Can't Cash Chips

出版序言

關於「妙探奇案系列」

當代美國偵探小說的大師，毫無疑問，應屬以「梅森探案」系列轟動了世界文壇的賈德諾（E. Stanley Gardner）最具代表性。但事實上，「梅森探案」並不是賈氏最引以為傲的作品，因為賈氏本人曾一再強調：「妙探奇案系列」才是他以神來之筆創作的偵探小說巔峰成果。「妙探奇案系列」中的男女主角賴唐諾與柯白莎，委實是妙不可言的人物，極具趣味感、現代感與人性色彩；而每一本故事又都高潮迭起，絲絲入扣，讓人讀來愛不忍釋，堪稱是別開生面的偵探傑作。

任何人只要讀了「妙探奇案」系列其中的一本，無不急於想要找其他各本，以求得窺全貌。這不僅因為作者在每一本中都有出神入化的情節推演，而且也因為書中主角賴唐諾與柯白莎是如此可愛的人物，使人無法不把他們當作知心的、親近的朋友。「梅森探案」共有八十五部，篇幅浩繁，忙碌的現代讀者未必有暇遍覽全集。而「妙探奇案系列」共為廿九部，再加一部偵探創作，恰可構成一個完整而又連貫的「小全集」。每一部故事獨立，佈局迴異；但人物性格卻鮮明生動，層層發展，是最適合現代讀者品味的一個偵探系列。雖然，由於賈氏作品的背景係二次大戰後的美國，與當今年代已略有時間差異；但透過這一系列，讀者仍將猶如置身美國社會，飽覽美國的風土人情。

本社這次推出的「妙探奇案系列」，是依照撰寫的順序，有計劃的將賈氏廿九本作品全部出版，並加入一部偵探創作，目的在展示本系列的完整性與發展性。全系列包括：

①來勢洶洶 ②險中取勝 ③黃金的秘密 ④拉斯維加，錢來了 ⑤一翻兩瞪眼 ⑥變！失踪的女人 ⑦變色的色誘 ⑧黑夜中的貓群 ⑨約會的老地方 ⑩鑽石的殺機 ⑪給她點毒藥吃 ⑫都是勾搭惹的禍 ⑬億萬富翁的歧途 ⑭女人等不及了 ⑮曲線美與痴情郎 ⑯欺人太甚 ⑰見不得人的隱私 ⑱探險家的嬌妻 ⑲富貴險中求 ⑳女人豈是好惹的 ㉑寂寞的單身漢 ㉒躲在暗處的女人 ㉓財色之間 ㉔女秘書的秘密 ㉕老千計，狀元才 ㉖金屋藏嬌的煩惱 ㉗迷人的寡婦 ㉘巨款的誘惑 ㉙逼出來的真相 ㉚最後一張牌。

本系列作品的譯者周辛南為國內知名的醫師，業餘興趣是閱讀與蒐集各國文壇上高水準的偵探作品，對賈德諾的著作尤其鑽研深入，推崇備至。他的譯文生動活潑，俏皮切景，使人讀來猶如親歷其境，忍俊不禁，一掃既往偵探小說給人的冗長、沉悶之感。因此，名著名譯，交互輝映，給讀者帶來莫大的喜悅！

譯序

美國有史以來最好的偵探小說

周辛南

賈氏「妙探奇案系列」，（Bertha Cool—Donald Lanm Mystery）第一部《來勢洶洶》在美國出版的時候，作者用的筆名是「費爾」（A. A. Fair）。幾個月之後，引起了美國律師界、司法界極大的震動。因為作者大膽的在小說裡寫出了一個方法，顯示美國人在現行的美國法律下，可以在謀殺一個人之後，利用法律上的漏洞，使司法人員對他無計可施，只好讓他逍遙法外。

於是「妙探奇案系列」轟動了美國的出版界、讀書界和法律界，到處有人打聽這個「費爾」究竟是何方神聖？

作者終於曝光了，原來「費爾」就是名作家賈德諾的另一個筆名。史丹利・賈德諾（Erle Stanley Gardner）是美國當代最著名的作家之一。他本身是法學院畢業的律師，早期執業於舊金山，曾立志為在美國的少數民族作法律辯護，包括較早期的中國移民在內。律師生涯平淡無奇，倒是發表了幾篇以法律為背景的偵探短篇頗受歡迎。於是改寫長篇偵探推理小說，創造了一個五、六十年來全國家喻戶曉，全世界一半以上國家有譯本的主角——梅森律師。

由於「梅森探案」的成功，賈德諾索性放棄律師工作，專心寫作，終於成為美國有史以來第一個最出名的偵探推理作家，著作等身，已出版的一百多部小說，估計售出七億多冊，為他自己帶來巨大的財富，也給全世界喜好偵探、推理的讀者帶來無限樂趣。

賈德諾與英國最著名的偵探推理作家阿嘉沙．克莉絲蒂是同時代人物，都活到七十多歲，都是學有專長，一般常識非常豐富的專業偵探推理小說家。

賈德諾因為本身是律師，精通法律。當辯護律師的幾年又使他對法庭技巧嫻熟，所以除了早期的短篇小說外，他的長篇小說分為三個系列：

一、以律師派瑞．梅森為主角的「梅森探案」；

二、以地方檢察官Doug Selby為主角的「DA系列」；

三、以私家偵探柯白莎和賴唐諾為主角的「妙探奇案系列」；

以上三個系列中以地方檢察官為主角的共有九部。以私家偵探為主角的有二十九部，梅森探案有八十五部，其中三部為短篇。

梅森律師對美國人影響很大，有如當年英國的福爾摩斯。「梅森探案」的電視影集，台灣曾上過晚間電視節目，由「輪椅神探」同一主角演派瑞．梅森。

研究賈德諾著作過程中，任何人都會覺得應該先介紹他的「妙探奇案系列」。讀者只要看上其中一本，無不急於找第二本來看，書中的主角是如此的活躍於紙上，印在每個讀者的心裡。每一部都是作者精心的佈局，根本不用科學儀器、秘密武器，但緊張處令人透不過氣來，全靠主角賴唐諾出奇好頭腦的推理能力，層層分析。而且，這個系列不像某些懸疑小說，線索很多，疑犯很多，讀者早已知道最不可能的人才是壞人，以致看到最後一章時，反而沒有興趣去看他長篇的解釋了。

美國書評家說：「賈德諾所創造的妙探奇案系列，是美國有史以來最好的偵探小說。單就一件事就十分難得——柯白莎和賴唐諾真是絕配！」

他們絕不是俊男美女配：

柯白莎：女，六十餘歲，一百六十五磅，依賴唐諾形容她像一捆用來做籬笆，帶刺的鐵絲網。

賴唐諾：不像想像中私家偵探體型，柯白莎說他掉在水裡撈起來，連衣服帶水不到一百三十磅。洛杉磯總局兇殺組宓警官叫他小不點。柯白莎叫法不同，她常說：「這小雜種沒有別的，他可真有頭腦。」

他們絕不是紳士淑女配：

柯白莎一點沒有淑女樣，她不講究衣著，講究舒服。她不在乎別人怎麼說，我行我素，也不在乎體重，不能不吃。她說話的時候離開淑女更遠，奇怪的詞彙層出不窮，會令淑女嚇一跳。她經常的口頭禪是：「她奶奶的。」

賴唐諾是法學院畢業，不務正業做私家偵探。靠精通法律常識，老在法律邊緣薄冰上溜來溜去。溜得合夥人怕怕，警察恨恨。他的優點是從不說謊，對當事人永遠忠心。

他們也不是志同道合的配合，白莎一直對賴唐諾恨得牙癢癢的。

他們很多地方看法是完全相反的，例如對經濟金錢的看法，對女人——尤其美女的看法，對女秘書的看法……

但是他們還是絕配！

賈氏「妙探奇案系列」，為筆者在美多年收集，並窮三年時間全部譯出，全套共三十冊，希望能讓喜歡推理小說的讀者看個過癮。

第一章　保險公司案件

我走過「柯賴二氏私家偵探社」的接待室，打開我自己的私人辦公室。卜愛茜——我的私人秘書，用我一看就逃不過的神色抬頭看我。

「有什麼事，愛茜？」我問：「好消息還是壞消息？」

「什麼？」

「你不是有事要告訴我嗎？」

「你怎麼知道我有事要告訴你？」

「你臉上的表情看得出來的呀。」

「我對你一點秘密也守不住嗎？」她問。

我向她笑笑。她興奮地說：「唐諾，假如你現在有空，你跟我來，我……我要給你看樣東西。」

「有空，」我說：「走吧。」

我們離開辦公室，經過接待室，走下走道，愛茜帶我來到公用貯物間。她拿出一個鑰匙，打開第八號貯物櫃，把櫃裡燈打開。

這間公用貯物間位在這座大樓沒有辦法開窗的一個死角，是分隔給每一樓辦公室出錢租用，放置雜物的。我們的一份一向只用來放置早該拋棄的無用物品，現在裡面整理得整整齊齊。原來的物品萬一有用的在底下，上半部隔起橫的一層層木架，每一層排列著一本本剪貼簿。

「這是什麼鬼東西？」我問。

卜愛茜充滿驕傲地看著我，「我要給你個驚喜。」她說。

「我已經驚喜了，告訴我是什麼？」

「你不是一直叫我把報上待破刑案都剪下來嗎？」她說：「我發現不好好歸類，找起來還是十分困難。」

「我沒有要求你歸類呀！」我說：「只是我要用的時候，找得到就可以了。」

「現在，」她說：「你要找哪一類，一下就可以了。你看這甲類是暴力犯罪方面的。這甲類中第一到一百號是因妒殺人的；一百零一到二百號是搶劫殺人的，一共每一類有十個分類。

「這一本是總索引。每一案都可以用交叉索引法去查。你看，以謀殺兇器來查，可以分為鎗刀、毒藥和其他。

「乙類是搶案、丙類是盜竊、丁類是──」

柯白莎粗糙刺耳的聲音，在我們身後說：「這裡在搞什麼鬼？」

卜愛茜倒抽了一口冷氣。

我轉身面對著充滿敵意的合夥人，看到她閃爍發光有如鑽石的眼光，和豬肝色的惡臉。

「我的罪犯圖書館。」我說。

「你要罪犯圖書館有什麼鬼用？」

「必要時可以參考。」

白莎嗤之以鼻道：「他們告訴我。你們兩個勾肩搭背的向這邊走，我特地來看看你們兩個……」

白莎攫過一本剪貼簿，順手翻了一下，對愛茜說：「原來所有的時間，你就在忙這玩意兒！」

愛茜開口想說什麼，我趕快把自己介入她們兩個當中，「那些都是她空的時候做的工作，」我說：「你總還記得，好幾次，因為我們手頭有過去其他刑案資料，使我們順利破案，也幫忙警方不少，做了不少公共關係。重要的是緊要關頭自己也脫出過好多次。」

「你總是喜歡把自己鑽進不必要的緊要關頭去。」白莎想起就生氣地說：「千鈞一髮的令人冒冷汗，留下——」

「留下銀行裡日益增加的存款。」我告訴她：「你要再有什麼不滿，可以回辦公室書面寫在備忘紙上，交給愛茜，我會看到的。我會請她歸檔在抱怨類裡，那就是廢紙簍裡。」

「唐諾，」白莎說：「不可以這樣。」

「怎麼樣？」

「你在生氣。」

「生氣！」我說：「還帶冒煙哩！」

「唐諾，不要不講理，我有特別事要找你，而你辦公室沒有人接電話。」

「當然，卜愛茜在給我看新的索引系統。」

白莎說：「我辦公室裡來了個新客戶。我要把合夥人叫進來介紹給他，拚命打電話也沒有人接，要多難堪有多難堪，連秘書都不在，所以我才要親自來找你。辦公室裡的客戶急得跳腳，而你們卻在貯藏室搞七捻三。」

「我們不是在搞七捻三。」我說。

「我要不來，就大有可能。」白莎說：「看你們眉來眼去的——」

我說：「假如你真有一個客戶在辦公室急得跳腳，我們還是趕快先去應付他。我已經說過，其他的用備忘錄。」

「好啦，好啦，」白莎激動地說：「走。……愛茜，這裡你鎖好。唐諾，這個客戶是我們要的那一種——所謂正派工作。」

白莎轉身，搖晃地在走道上領先而行，像隻一百六十五磅的牛頭狗。火爆、貪婪的脾氣、潑悍的動作、低潮的時候隨時跳起來的習慣，把一切內在的優點全部遮蓋了。

由於上述的原因，以及才發生的例子，要不是我們合夥的偵探社實在太賺錢，否則我們早就不知拆夥多少次了。白莎這一生，最能說服她的力量，莫過於銀行存款裡的數字。多年的經驗，每次她暴躁脾氣發到不可收拾的時候，用拆夥來恐嚇她，總是萬試萬靈的。

我把腳步跟上白莎的時候，她對我說：「來的是個保險公司，他們已經注目我們很久了。這種工作有固定的長期收入，不像你專長的打牙祭，開門吃三年方式。」

「我們的錢不都是這樣積下來的嗎？」我提醒她：「還不在少數哩！」

「是太多啦。」白莎說：「多到我都有點怕了，我們冒太大的險了。這次盧先生要帶給我們的，才是很多次當中的第一次。」

「盧先生，幹什麼的？」我問。

白莎推門進我們的接待室，在進她私人辦公室之前，停住腳步，給我進入狀況。

「盧騋夢。」她說：「是統一保險公司，理賠部的頭，他會告訴你一切。唐諾，對他好一點，這是我們夢寐以求的。」

「對我們有多少好處？」我問。

「一天一百元，花費實報實銷，至少先試十天。我們可以另僱協助作業的人，幫我們工作。」

「我們準備用多少人來應付他們的工作呢？」

「一個，」她說，兩眼嫌惡地看向我：「你。另外請你記住一個我就可以足夠了。白莎不贊成另外加人。」

白莎一下把自己辦公室門打開，經過她自己秘書坐的小接待室，大步邁進她私人辦公室。

看到我們進去，立即站起來的男人，很高、很瘦，眼光精明，是個典型接受事實，肯妥協的高級辦事員。

「我的合夥人，賴唐諾。」白莎介紹說：「唐諾，這是盧騋夢先生，統一保險公司。」

騋夢和我握手，長長的手指包住我手掌意思了一下，嘴唇微笑一下，不見得和這次會面商討有關。眼睛沒笑。

「賴先生，久聞你們大名。」他說。

「好的，壞的？還是毀譽參半？」我問。

「好的。都是很好的。你在圈子裡已經有很好的聲譽了。我以為你……你會是個比較大的個子。」

「不必兜圈子了。」白莎把她肥大的軀體塞進她會叫的座椅：「所有的人都被唐諾的小個子騙住了。他是小個子，年紀輕，不過這雜種有腦子。

「我已經告訴過唐諾我們的協定，而且協定不會改變了。我只管金錢收支和營業部分，他管外勤調查。你現在可以告訴他，你要辦什麼案子了。」

盧騋夢又看了我一下，好像有點猶豫於不能接受我的外表，但終於自動坐了下來，從手提箱中拿出一份資料夾來，把資料夾放在膝蓋上，但是他並不去打開參考它，他從記憶中向我簡述案情。

「賀卡德是一個很成功的地產商。」他說：「在我們公司裡保了各種險，也包括他自用汽車的全險。八月十三，他在哥林達市的北區開車。

「他向我們承認，他當時是累了，也可能是沒有留心。他一直跟在一輛較輕的小車子後面通過市區。在到達正街和第七街交叉路口的時候，交通號誌轉為紅燈。前面那輛車停住——賀卡德說前車停得很突然，但是沒有任何證據。

「我們的客戶賀先生撞上了前車。前面的車子是戴薇薇在開，加州，哥林達市，米拉瑪公寓，六一九室。年齡，二十六，淺色髮膚近金髮，五呎四，一百一十二磅，是個贍養費一次付清，又快要用完了的女人，開的是輛又小又輕的好跑車。她自己說頸椎神經挫傷要求賠償。

「你當然知道，頸椎神經挫傷是我們這一行的剋星。汽車被人自後一撞，頭頸突然向後一仰，有如鞭子打出去，向回一收，勁頭很大，毫無疑問受傷的人會很嚴重，症狀也不知多久後會開始，也會延遲很多年不好。但是，從我們立場來看，你有什麼具體檢查，可以加以證實呢？病人說頭痛，你又怎麼可能說不是真的呢？沒有辦法。

「賀先生私下告訴我們，他是心不在焉，想早點通過十字路口，心裡正在想別的事，根本沒注意到紅綠燈。所以前車一停，他根本來不及反應，就直直的撞了上去。當然，前面車子要是重一點，損失不會那麼大。」

「好。」我說：「我們能替你們做什麼？」

「這一類的案件，」駱夢說：「我們照例要查清楚受傷者的背景。我們要知道受傷的是什麼人，從哪裡來，以什麼為生，特別注意目前每天的生活狀況是否和所報傷情配合。

「換句話說，一個年輕貌美的女人，會坐到證人席上，腿架起來，露出不少大腿和尼龍絲襪，看得陪審人員目瞪口呆，微笑著形容自己的症狀，聲音充滿痛苦，笑容又表示出自己多麼堅強，準備接受未來痛苦的命運；頭痛，失眠，日益加重的精神緊張，還有其他的。

「但是，輪到我們律師詰詢她的時候，假如我們律師說：『戴小姐，我們選一個你日常生活相當標準的一天來看一看。例如今年的九月十九，你一直說你失眠，但是你到十點十五分，才開門取報紙和牛奶。十一點十分，你離開家裡到海灘上。整個下午你在玩衝浪板。傍晚一位男士伴你大跳迪斯可。飯後你們把車開上山道，在一個看得到海的蔭處停了兩小時二十分鐘。然後你的朋友開車帶你回家，但是進去你的公寓，一小時四十分鐘。』

「我們又拿出螢幕，把拍下的電影給大家看。電影裡她穿了泳裝快樂地在衝浪，不住扭回頭看看她的男友，毫無勉強之狀。

「等我們放完電影，再詰問幾句，所有的陪審員都知道她事實上沒有太多受傷，日常生活也沒有因而受損。」

「等一下，」我說：「你是不是想要我給你緊盯這個姓戴的女人，看她幾點鐘起床拿報紙和牛奶、拍攝她去海灘的電影、記錄她男朋友在她公寓——」

「不是，不是，」盧騋夢打斷我的話說：「這是高度技巧工作。我們另外有人負責這個部門。我們有隱藏的攝影機、望遠鏡頭。賴先生，不要忘記我剛才對你的說法。

「我剛才說，在詰問的時候，我們說：『戴小姐，我們選你標準的一天生活。』然後我們拿出一張資料，一項項唸出來給她聽。

「你注意，我們不會問她，這是不是她標準的一天生活。事實上是我們說她標準的一天，然後一項項列出來。大家都以為我們從她提出賠償開始，一直到開庭，我們天天、二十四小時，派人在跟蹤她。事實上，我們只是選中一、兩天在觀察她，而這一、兩天可能是她最不標準的一天。這就是律師的技巧，我們導引大眾的觀點，也恐嚇了證人，因為她可能有別的事，不知道我們是否也知道了，心裡還真怕我們已二十四小時監視得很徹底。」

「原來如此。」我說。

「賴先生，千萬別以為我們用這種方式，把應該付給別人的賠償金收回來。」

駢夢用磁性、很誠懇的語音說道：「我們的對方是個敲詐集團。這件事是非常特別專門的。」

「舉例來說，這個戴薇薇目前看來她是一個人，沒有背景。但是並不如此，她背後有一個組織。她有一個律師，這律師——」

「誰是她律師？」我打岔說。

「還沒表面化。」駢夢說：「她還沒遞狀紙，她只是先向我們申請保險給付。假如能不打官司，對大家都好。我告訴你的目的，是她一定已經有了個律師，即使我們不知道他是什麼人。這個律師一定是專門，而且樂於代表車禍案原告的。他也是組織的一員，專門對付保險公司的。

「換句話說，他們知道哪些法官有什麼好惡；哪些詭計多半贏得陪審同情；哪些保險公司吃哪一套，會用什麼方法對付他們。他們互通消息，摸得一清二楚。於是一套套制式的用來對付我們。」

「所以，你們想要找人來打擊魔鬼？」我問。

「我們倒不是像你想像中那樣無情。」他說：「我們只是要保護自己，求得生存。否則誰也不願開保險公司，天下也再不會有人敢開車了。投保費也會高到不是一般老百姓付得起的了。」

「你還是先告訴我，你要我做什麼。」我說。

「我們要你找到戴薇薇在哪裡。」

「你不是說她住在——」

「我們知道她曾經住在那裡，但是我們不知道她現在在哪裡。她提出賠償申請，非常合作。她允許我們的醫生給她檢查，也讓我們醫生給她照X光。她非常合作友善。她說她目前尚不願確定要求的數目。她知道距離控訴的最後效期尚早。她要看看治療的效果等等。」

「她好像理智很清楚。」我說。

「理智太清楚了。事實上，她的進行太有板眼了——幾乎是職業性的了。她撂下一句話，要是我們保險公司肯給她三萬元錢，她就什麼都放手——然後，她就不見了。我們不知道她去了哪裡。

「現在，我們非常希望能找到她。像這種事發生時，我們總是提心吊膽的。這一類事發生後，幾乎只是付她多少才能解決的問題，不可能沒事的。

「這次，我們公司要你們偵探社找出戴薇薇哪裡去了。」

「你們自己也有個很健全的調查部門。」我說：「為什麼你不利用呢？」

「我們大家已經忙不過來了。再說……賴先生，老實說，我們公司已經試了一

切常用的方法。沒見效，找不到她在哪裡。沒人知道她在哪裡。但是我們又必須知道她的去向。」

我說：「老兄，找不到她是你們的事。你們都是專家，你們機構都找不到線索的人，我們這個小偵探社怎麼會找得到呢？」

�夢說：「我們相信你們就是比我們好這麼一點點。」

白莎笑笑，容光煥發。

我說：「換種說法試試。」

他說：「你怎麼說？」

我說：「換一種我聽得懂的說法試試。」

駇夢說：「我這樣告訴你好了。我們對戴薇薇有一個線索，那就是她有一個好朋友在哥林達。這位朋友和她住在同一公寓之內，也就是米拉瑪公寓。她的名字叫厲桃麗。她二十八歲，褐色髮膚，身材美妙，我們再三清查也不知她有什麼正當的收入。

「厲桃麗又和一位三十五歲的男人，班鐸雷是好朋友。姓班的在地產買賣界混很久，也賺了不少錢。

「我們的機構很著重服務的年資。我們的調查部門，由於必須經驗豐富，是養了不少人，但都是年紀較長，裡面沒有年輕可用的人材。

「所有常用的方法，想和厲桃麗接觸，都已經失敗……我們開了一個會，決定延請一位年輕有個性，與本公司毫無關係的男士，說不定可以找到一點消息。」

盧騋夢向我看看，笑一笑。

柯白莎說：「全世界都知道。唐諾對女生真有一手。女人趴在他肩上哭；什麼心裡話都告訴他。你要把一個女人心都掏出來給你看的話，只有這小雜種有本領。」

「我相信他辦得到。」

「我對這件事一點興趣也沒有。」我說。

「喔！你一定會喜歡辦這件事的。」白莎喊道：「對你也是考驗呀，唐諾。」

我把目光注視在盧騋夢臉上，「你堅持這是你找她唯一的理由。我就堅持我自己做事的方法。」我說：「我們先弄清楚，你的目的是找到戴薇薇，是嗎？」

「是的。」

「你不管這件事怎樣完成，只要完成就行，是嗎？」

「普通的方法都使用過了，沒有用。」他提醒我。

「這我都知道，但是你聘我們的目的是找到戴薇薇，是不是？」

「是的。」

「可以。給我一百元一天外加開支，讓我有機會調查一下。任何時間我不想繼續，都可以脫手不管。」

「賴先生，我們不喜歡用這種方式。」

「盧先生，其他的方法我們也不喜歡。」我告訴他。

白莎想說什麼。我給她一個眼色，叫她不要開口。

盧騋夢嘆口氣：「好吧，依你的。」

「好，現在可以講厲桃麗了。」我說。

第一次，盧騋夢看向他帶來的資料：「厲桃麗開的是一輛奧斯摩比，去年形式，牌照號ＲＴＤ一九三。」他說：「是輛大的兩門跑車。她在哥林達超級市場購物，三餐都在自己公寓做來吃，除非晚上有人請她出去吃飯，而這是幾乎每個晚上都有的。」

「都是和班鐸雷在一起？」我問。

騋夢點點頭。

「那個米拉瑪公寓怎麼樣？」我問：「有停車間嗎？」

「沒有，公寓北方有一塊空地，大家用來停車，無固定車位。此外公寓前面街上多半也找得到停車位。」

「厲桃麗起床很晚？」我問。

「睡到快中午才起床。」他說：「每天如此。下午兩點半去超級市場買東西，顯然是早餐之後立即前往的。對她我們資料也不多。整個事件有一種神秘、懸疑的氣氛。我們不喜歡這樣。老實說，賴先生，我們上級已表決只要案子能立即妥協，我們願花比預估更多的錢。我們嗅得出這件事裡有老鼠味。保險公司不喜歡不按牌理出牌的案子。我們是靠平均和統計賺錢的。我們收保險金也是以此為憑的。所以正常的賠償，我們是樂意付出的。」

「嗯。」我說。

駷夢站起來，和我握手道：「我已經把我私人未登記的電話號碼給了柯太太。」他說：「你放心，任何需要我們公司支援的事，都可以和我說。但我建議你，絕對不可以被人看到你到我們公司或和公司裡人在一起。我們甚至不能確定我們內部有沒有人在和別人通消息。」

「我懂得，」我告訴他：「很感激你。我們立即開始工作。」

他向白莎一鞠躬，開始離開，在門口，他回頭說：「我最好現在先提醒你一下，賴先生，這件事裡還是有危險性的。」

「對個人？」

「是的。」

「怎麼會呢？」

他微笑道：「我們收到過一通有意思的無名電話，你小心點總沒錯。」

他走出辦公室，把門帶上。

白莎臉上高興得像個小孩。

「唐諾，真不錯。」她說：「他們是家大的保險公司，自己有很好的調查部門。遇上了真正的案子，竟然要來找我們。」

我不吭聲。

「當然，」白莎說：「我們也不是三歲小孩，裡面一定還有點名堂。他們一定試過向那女人著手，結果驚動了她，他們怕了。」

「那是一定的。」我告訴她：「我要走了，先去看看情況再說。」

「多給我聯絡。」白莎說：「這是件重要的案子，省點用錢。不要把大生意嚇跑了下一批。你可以省下……」

我把身後的門關上，把她的叫聲也關在門裡。

第二章　唐諾長了個尾巴

我找了個租車行租了一輛敞篷車，把車篷放下，開車往哥林達市。

我沿了米拉瑪公寓走，找到了厲桃麗的汽車。我自己也找了個停車位，坐下來等候。

二點三十不到一點，一個活潑的褐色髮膚女郎，腳步很快地自公寓走出來，快步使人行道都拋在她後面，一下爬進她車子。我跟蹤她到了哥林達超級市場。

我完全是釣魚式的在跟蹤，事先一點也沒有想到要怎麼辦。

我一定要和她接近，但是用什麼方法呢？有個老辦法，故意使我的推車和她的推車，在超級市場裡輪子和輪子卡在一起，也許有用，不過還要看她情緒，再說即使成功，事後她想起來疑點重重，會弄巧成拙，我未敢嘗試。

內行人說過，世界上至少有一百萬個方法，可以用來向漂亮女郎搭訕。但是女的不願意，沒有一個會成功的。

接近超級市場入口處的停車位，都是滿的，可停車的位置都在極遠端。桃麗看看情況，把車兜了一圈沒有好位置，乾脆把車停向最遠端，最靠邊的位置。她的車右側就緊靠著一垛磚牆。她打開左車門，出來。我看到不少大腿和尼龍絲襪。

她一下把車門碰上，頭也不回，用她短快的步伐，走進超級市場。這樣走路，一定是她的習慣。

她車的左側是個空位，我把我車停進去，儘量靠近她的車，使她左面的車門也絕對沒有辦法打開來。現在，她左右兩個跑車門都打不開了。

一個四肢長大瘦長的人，把他的福特停在我車旁。

我把自己車鑰匙放進口袋，走到超級市場一角蔭涼處，開始等待。並沒有等太多時間。

桃麗手裡捧了一個裝滿食物的大紙袋走出來，快步走到她停車的位置，看到了令她傷腦筋的情況。她走向右側打開右車門，過寬的右車門雖打開，但絕對沒有辦法把身體擠進去。

她向四周看看，皺著眉，我知道她在大大生氣。

她把紙袋放下，走到我的蓬車邊上，望著沒有人在的車子，伸手到駕駛座上，按喇叭。

我等了一陣，閒逛著走出來，好像在找人一樣。看到厲桃麗，又回眼再看一下，把頭轉向別的方向。

「是不是你的車？」桃麗問。

「不是的，小姐。」我說。

她眉頭蹙得更緊了。

「怎麼啦？」我問：「有什麼困難？」

「困難！」她高聲地說，好像希望不止我一個人聽到：「看看這個白癡怎樣停他的車？我的車門打不開，而我正好有急事。」

「那你怎麼辦？」我問。

她看看我說：「我怎麼辦？我告訴你怎麼辦。這傢伙回來你給我看到，你不相信我會怎麼辦，你也不會相信我會罵得出什麼話。不過目前怎麼辦？我們有沒有辦法把這車挪動一下？能不能把它推後一點？」

我說：「這傢伙可能在超市裡，我們一定找得到他。」

「是可以，我們可以進去用麥克風廣播找他。」她說：「但是我不願意。我……我要給他輪胎放氣。」

我說：「我可以把它移動一下，假如——」

「假如什麼？」她問。

「不行，不能被逮住了。」我說。

「逮住什麼？」

「把汽車接線。」

她從頭到腳看了我一下，說道：「要多少時間？」

「大概十秒鐘。」

她使上她的媚勁。她問道：「老哥，你還等什麼？」

我說：「我要被逮住的話……我又要送回……」

她展示她分開的紅唇、潔白的牙齒，把大大的黑眼掮了兩下。「幫個忙。」她說：「好不好嘛！」

我走到車旁，賊頭賊腦自肩頭向後望望，一下跳進方向盤後，拿出我的小刀。把車子的兩條打火線摸出來，刮去一段絕緣皮，自另一口袋摸出一小段電線。把引擎點發、把車倒退出來，笑著對她說：「這樣可以嗎？小姐？」

她打開自己車門，把紙袋放進去，猶豫一下，故意把裙襬提得特別高，把自己滑進駕駛座上，等於請我吃了一客冰淇淋。

她把車子點火，退出來。我把租來的車子向前開回原位，開門走出來。

她向我招手。

「你叫什麼名字？」她問。

「唐諾。」我說。

她輕鬆地笑笑。「我是桃麗。」她說：「你真好，唐諾。哪裡學來這一手？」

「不是個好學校學來的，小姐。」我說。

「叫我桃麗。」她糾正。

「桃麗。」我說。

「你為我冒險？」

「是的。」

「你真好。」她再說一次，又給我一笑：「你在這裡幹什麼，唐諾？你又不買東西。你是在等人？你太太在買東西？」

「我沒有太太。」

「女朋友？」

「我沒有女朋友。」

「為什麼沒有？」

「還——沒有跟別人接觸的機會。」

「什麼在阻止你呢？」

「我自己不能控制的環境。」

「唐諾，說不定我可以幫你忙。告訴我，你在這裡想幹什麼？」

我讓她確實看到我猶豫了一下，然後我下定決心說：「要和一個收款員談談，但是又不願在大庭廣眾之間談。他們都在裡面忙著。」

「他們都忙得要命在那裡，而且暫時還不會有空。」她說：「為什麼不下班再找他呢？」

「看樣子，只好如此了。」

她說：「帶你回城？」

「喔——不好意思。」

我繞過車頭，開車門進車，她用大拇指及食指意思一下把裙襬拉下一點，拉下了十六分之一英寸，但是一放手又彈了回來。

「我要回米拉瑪公寓。」她說：「你有問題嗎？」

「米拉瑪公寓在哪裡？」我問。

「栗樹街，三一四號。」

「我無所謂，每個地方都差不多。」

她把車退一下，轉動方向盤，在大道前規矩地把車停死，又起步進入擁擠的車隊裡。她向我看一眼說：「唐諾，你在走楣運。是嗎？」

「是的。」

「你怎麼知道給車搭線的？」

「喔，只是知道而已。」我說。

「你以前幹過這種事嗎？」

我把雙眼固定看住儀表板。說道：「沒有。」

「唐諾，你不必瞞我，那段短電線你是隨時放在口袋裡的，你又在停車場裡晃。告訴我，你想做什麼？」

我把頭低下來。

「唐諾，告訴我，有過前科嗎？」

「沒有。」

「你要見的收款員，上一次見他的時候是在哪裡？裡面嗎？」

「不是。」

「唐諾，你是混過的。你也知道，萬一剛才車主正好回來，看到你在做什麼，你會發生大麻煩的。你有過這項前科，是嗎？」

我點點頭。

「那你為什麼甘冒這個險呢？」

「因為你——你笑了。」

「是我的笑，使你甘冒大險嗎，唐諾？」

「你的笑、你的身材、你的大腿。」我說。

「唐諾！」

我從肩後向回望。那個竹竿樣的高個子，開了他的福特車，在我們後面第三輛車跟著我們。

我突然向車門把手摸索著說：「假如你不在乎，小姐，我想現在立即下車。」

「說過了，叫桃麗。」她說。

「我要立即離開這裡，桃麗。」

「我是去米拉瑪公寓，唐諾。我住在那裡。」

交通號誌改變。她很純熟地用她高跟鞋踩下煞車，「我住在那裡。」她重複道。

「再見，桃麗。」我告訴她：「你真好。」

我把車門打開，人跳出去，順便把車門甩上。

她想說什麼，但是交通號誌改變，在她後面的車按著喇叭。

她關心地看看我，但只好把車開走。

瘦長的高個子，開了福特車想找個停車的位置，但是找不到，只好沿了移動的車隊慢慢往前。

我回到超級市場，把車鑰匙自口袋拿出來，把車開回洛城，把車還給租車公司，打電話給白莎。

「你現在在哪裡？」白莎問。

「我回城來了。」我說：「我去過哥林達了。」

「唐諾，這件案子有點怪。」

「你才發現呀？」

「唐諾，不要自以為聰明。你的秘書卜愛茜，不是你要她收集了很多剪報做參考嗎？」

「怎麼樣呀？」

「愛茜看裡面所有的人事分類廣告，想替你做點事——老天。那女人你放個屁也是香的。你到底對女人有什麼特別方法？你將來怎樣對她？娶了她？我看你最好能辦到。」

「你堅持的話，也許我真會。」我說：「當然，她在公司裡就是合夥人了。」

「去你的。我可不願把任何渾蛋秘書娶進我的公司來。」

「好吧，我就不娶她。她找到了什麼？」

「保險公司曾經登過一段時間懸賞廣告。」

「怎麼說？」

「是一個廣告懸賞一百元，任何證人目睹八月十三，主街及第七街交叉口，後車撞前車車禍。」

「你怎麼知道這是保險公司登的？」

「一定是的。沒有別人有那麼多錢，一百元一個證人。」

我說：「保險公司為什麼要證人？他們已決定付錢了，證人對他們一點用處也沒有。」

「好吧，我只是告訴你報紙裡有什麼。」白莎說：「你應該看看哥林達市報紙，有什麼相似的東西沒有。」

「好主意，」我告訴她：「我會去看。白莎，我有事告訴你。」

「什麼？」

「我長了個尾巴。」

「真的？」

「是的。」

「你去了哪裡？」

「哥林達來回。」

「你怎麼知道被人跟蹤了？」

「後照鏡和仔細觀察。」

「唐諾，這件案子搞什麼鬼？」

「我不知道，」我說：「我目前還不知道。」

「你想會不會有人跟了盧騄夢到我們辦公室？」

「我不知道，」我說：「有這個可能。」

「那這件事的背後，一定另有情節。你要小心呀！」

「喔，不要緊。」我告訴她：「這是件簡單的普通案子。你記得嗎？你說過的，這是你夢寐以求的機會。」

「去他的我說過什麼！」白莎隔著電話大叫道：「這件事危險得都是火藥味，你也知道的！否則盧騄夢不會停在門口告訴你裡面有危險。到底他是什麼意思？」

「防止我鑽進我自己不能處理的情況裡。」我說。

「那他在給我們資料時，為什麼不告訴我？又為什麼不告訴我們到底有什麼危險呢？」

我小心地等白莎把她的問題問完，這樣我的話可以對她作用大一點，我說：「因為假如他早告訴我們危險和困難，你對他的收費就要相對的依危險任務收費了。所以，他是擺了你一道，一件危險任務但普通收費。這件事要他一萬元，他也會照付不誤。再說——」

電話那一端，意義不清楚怨聲大吼的，只有一個可能。我趕快把電話掛斷，以免白莎的大叫把電線燒斷了。

我取回公司車，開回自己的公寓，一路仔細看後照鏡，沒有人跟蹤我。

晚上，很晚的時候，我設法弄到了第二天的晨報。我看到分類廣告。沒錯，那廣告還在那裡，只是懸賞加高了。廣告是這樣的：「懸賞兩百五十元。任何證人目睹八月十三，下午三時三十分，哥林達市，主街及第七街交叉口，後車撞前車車禍。聯絡六九四——W信箱。」

我把廣告自報上用手指挖下，把挖下的一小塊廣告用漿糊貼在一張紙上，用支筆，在紙下空白的地方寫道：「可用電話聯絡唐諾。ＭＡ六——九四二三。」

我用個信封，把紙放進去，照廣告上的地址寄出去。

「ＭＡ六——九四二三」是卜愛茜的私人電話。

我打電話給她：「嗨，愛茜，過得還好嗎？」

「唐諾，你在哪裡？有什麼事？」

「我在城裡。」

「喔。你要什麼？」

「愛茜，假如有什麼人打妳的電話找唐諾，你要謹慎一點，告訴那個人我進進出出，但是你可以給我留口信。假如他們問三問四，或是問我姓什麼，告訴他們我是你哥哥。」

「你是不是也算要住在這個地址，唐諾？」

「也許。」

「一個哥哥，和我一起住在一個單身公寓裡，有點怪吧？」

「好吧！」我說：「告訴他們我是你丈夫。」

「那更窘了。」

「那就隨你，」我說：「要怪還是要窘。」

「唐諾，還是你決定，你決定了我就照辦。」

「讓它怪好了。」我說：「告訴他們我是你哥哥。」

「一句話。」她說。

「好好睡。」我說，把電話掛了。

第二天，我又去租車公司租了輛雪佛蘭四門房車，我開車到哥林達。我一路觀看，什麼人都對我的行動毫無興趣，除了正常的交通量，沒有跟蹤我的車。我有時開快，有時開慢，沒有車固定在我見得到的地方。

我到達哥林達，買了張當地的報紙。報上沒有任何廣告找八月十三日車禍的目擊證人。

我到警局交通組，去查車禍報告。

車禍當事人賀卡德於出事次日在警局填了一張報告單，說到他曾撞到一輛車子的尾部，地點是在主街和第七街交叉口，時間是八月十三日下午三點三十分，被撞的車車號ＴＶＮ六二六。車主戴薇薇，地址米拉瑪公寓，損害狀況：賀車約一百五十元；被撞的前車無大損失。

我又開車去米拉瑪公寓。厲桃麗的車子在停車場。

兩點過一點。她自公寓出來，用她特有的快而短的步伐，走向停車場。

我等她背向我時，發動車子，開向超級市場，把車停好，搶先進入市場。

桃麗進來，取了一輛購物推車，選了幾件商品，向出口收銀台而去。

我走向一個收款員，把聲音降低說：「老兄，我想要開個信用賬戶。」

他搖搖頭說：「除了幾種規定的信用卡之外，這裡不自己開賬戶，一律現鈔。」

「是這樣的，我只要短時間……我暫時……」

他搖搖頭，又說：「抱歉，我們就是自己不開賬戶，從沒有開過。即使總統自己來，我們也不開戶。你沒有這幾家大信用卡，就得付現。不過私人支票可以在櫃檯兌現，再來買東西，要不要見見這裡經理？」

「即使五元以下的貨品，也不行賒賬？」我問。

他猛烈地搖他的頭。

我抬起頭來，看到厲桃麗瞪了雙眼在看我，她聽不到我們在說什麼，但是一舉一動已都在眼下。我等那收款員停止搖頭，轉身離開。

「唐諾。」她喊叫說。

「哈囉。」我沮喪地說。

「唐諾，等我一下，等一下，我要和你講話。」

她抛了二十元給她一行的收銀員，自己先擠出來，抓住我手臂，一面對收銀員說：「你給我算一下，零頭給我好了。」

「唐諾，昨天你為什麼先溜了？」她問我。

「我……我怕我自己沉不住氣。」

「什麼事沉不住氣？」

「說什麼不該說的話。」

「是有關你過去的？你什麼也沒有說呀！」

「不是……是有關……有關你腿的。」

她大笑說：「唐諾，我的腿又怎麼啦？」

「它們美極了。」

「大笨蛋！」她說：「你想我不知道自己腿好看呀？腿是我的一部分，我通常用它走路，但是有人對我好，我就給他看一看。唐諾——你昨天給我移開了那車子，我不是也給你看了個飽嗎？」

「你沒有生我氣——」

「沒有，為什麼會生你氣？」

收銀員說：「小姐，一共是三元兩毛。你二十元找的錢在這裡，謝謝光顧。」

桃麗伸手去拿牛皮紙袋。

我猶豫了一個合理的半秒鐘，說道：「我來。」伸手把紙袋拿起。

我拿了紙袋，跟她走到她車旁。

「拋在後面就可以了。」

我把紙袋放在後座上，替她把車門拉著，等她上車。

「唐諾，你現在準備幹什麼？」

「回舊金山去。」

「你見過你要見的人了？」

「是的。」

「想要的要到了？」

「沒有。」

「進來。」她說。

「我——」

「進來。我帶你進城——這次不准半路脫逃。」

我繞過去上車。

桃麗的裙襬已經在襪帶上面了，這次她沒有做出要向下拉一拉的姿態。

她把車退出，又開離停車場。這時我又看到了昨天開福特車跟蹤我們的那個高瘦寬肩傢伙。

今天他開了一輛毫不起眼的舊順風中型車。

我們開入車流，那輛順風車在我們四車之後。

桃麗說：「唐諾，你很寂寞吧？」

「可能。」

「急著希望有個女朋友可以聊聊？」

「也可能。」

「你要去舊金山，又想去闖禍？你到這裡來又為什麼？在超級市場找個工作？」

「可能。」

「因為沒有成功，你又想亂來。你要去舊金山——為什麼？」

「那裡熟人多。」

「男的還是女的？」

「女的。」

「年輕的？」

「馬馬虎虎。」

「好看？」

「是的。」

「之前就認識的？」她問道。

「什麼之前？」我問。

「出紕漏之前就認識她？」

「可能。」

「唐諾，你知道會有什麼結果的。你會需要錢用，你在那裡見到一些老朋友，然後你又弄得一身麻煩，又回到老地方去。」

「什麼老地方？」

「聖昆汀。」

她一面開車，一面斜眼看我。

我把頭垂下，什麼話也不說。

「唐諾，我要你做件事。」

「什麼？」

「到我公寓再說。」

「嗯？」我說，做出十分警覺的樣子。

「我只是要和你談談。」她說：「我要對你再瞭解一些。也許我能幫你些忙，你是不是餓了？」

「不太餓。」

「但是還是餓了？」

「可以吃點東西。」

她說：「我冰箱裡還有塊牛排，我願意為你做出來，你好好坐著輕鬆地享用。我看得出你緊張過度了。你這種本性不壞的人，不應該回到那個圈子去的。」

「你在大做輔導事業。」我告訴她。

「能幫別人忙的時候，人就是應該幫別人忙的。」

我暫時什麼也不說，只是看她開車。

「今天喜歡它們嗎，唐諾？」

「什麼？」

「大腿呀！」

「它們妙極了。」

她笑笑。

一路不再說話，來到了米拉瑪公寓，她又把車停在空地。

我斜眼看看，半條街之外，竹竿坐在順風車裡，也在停車。

我開門走出車子，繞過車尾，替她開車門讓她出來。

她把腿自駕駛座滑出伸到地上，「東西歸你拿，唐諾。」

「是的，小姐。」我說。

「桃——麗——。」她說。

「是的，桃麗。」

我一手拿紙袋，一手把門關上。我們進了公寓，乘電梯上樓。

桃麗走向自己公寓，用鑰匙開了門，說道：「不要客氣，隨便就好，要不要來點酒？」

「最好不要。」

「是早了一點，」她說：「我會給你燒塊好牛排。」

「不必，」我說：「真的不要你忙。我——」

「不要這樣。」她說：「你給我好好坐在這裡，我去把牛排放進烤箱。在烤牛排的時候，我可以好好和你談談。」

我坐進她指給我的沙發椅裡。

桃麗有次序前前後後忙著。

「今天蔬菜不多。」她說：「但是你會有好的牛排、牛油、麵包，洋芋和咖啡。牛排你愛幾分熟？」她問。

「生一點好。」

「好的。」她說。

「你自己呢？」我問她。

「我才吃早餐，還不久——再說，我必須注意體重。」

「我也是……」我告訴她，自己突然停止。

她笑著說：「你儘管自己去注意，和我沒關係。」

她把電咖啡壺插上，把電烤箱調整好，走過來坐在我的沙發椅把手上。

「你是不是在找事做，唐諾？」

「是的。」

「也許你可以替我做點事。」

「什麼？」

「一件工作。」

「我高興。」

「也許——要——冒一點危險。」

「我願意為你冒險。」

「唐諾，不要一直向那邊移，我又不會咬你。」

「我有點怕。」

「怕什麼？」

「怕我自己會衝動。」

「又會怎麼樣？」

「我也不知道。」

「唐諾，你太寂寞了。你太久沒有見到女人了，你不知道怎樣和她們相處了。把你手放我腰上，這裡……就這樣。」

我把手放在她腰上。

她向下看著我笑笑。

我把手抱緊一點。

她從沙發椅把手上滑下，坐我腿上，兩隻手抱住我頭頸。她把嘴唇吻向我的。她還真一本正經地吻起我來。

幾秒鐘後，她說：「唐諾，你很好。現在乖乖在這裡等，我去看看牛排，給你好好吃頓飯。」

她從我腿上溜下，走到烤箱前，用一把長叉子把牛排翻個身，放下長叉，走回來，眼睛冒火地逗著我，嘴唇半開著，門鈴響了。

她眼露驚慌，不相信地看了一下響鈴的方向，然後她輕輕自語道：「喔，不好了。」

門鈴又響起。桃麗一步跨向我，伸手攫住我的手臂，把我從沙發椅上拉起來，「快，唐諾。」她說：「躲一躲，那邊有個壁櫃，到裡面去，留在裡面。不會太久的，快，快！」

我表現躊躇。「你丈夫？」我問。

「不，不是，我沒有結婚，別傻。是——快，進去。」

她半拖半拉把我帶到壁櫃，把門拉開。這是一個和房間等長的壁櫃，一半是掛衣服的，掛滿了她的衣服，另一半是壁床白天隱放的位置，另有假的櫃門可開。

我把自己擠進掛著長衣服的櫃子，她替我把門關好，她去把門打開。我聽到一個男人聲音說：「好香，在煮什麼？」

她笑著說：「咖啡。」

我聽到他進來，把門關上。我聽到窸窸窣窣的聲音，而後那男的說：「嗳，這沙發是熱的。」

「當然是熱的，」她笑道：「我才坐在上面，你知道我有多熱。」

「嗯，不錯。」

半分鐘之後，男的又說：「做了什麼？」

「買東西。」

「有新消息嗎？」

「還沒有。」

「就會有了。」

「嗯哼。」

我聽到她在小廚房移動，嗅到咖啡芳香，我聽到碟子和杯子相碰聲。

「看到鈔票提高了嗎？」

「什麼鈔票？」她問。

「懸賞，看到車禍證人的懸賞。昨天還是一百元，今天變了兩百五十元。」

「喔。」她說。

又是長長的寂靜，然後男的說：「你什麼消息也沒有？」

「沒有。當然沒有，鐸。任何消息我一聽到會馬上告訴你。」

又靜了一下，男人的聲音說：「我有點怕那該死的保險公司。他們繼續搗蛋，會把我們一切搗垮的。」

「你想他們會繼續調查？」

「只要他們有懷疑了，他們會不惜工本的。」他說：「我們時間不多了。母牛有奶的時候才能擠，奶乾了擠也沒有用——什麼東西焦了？」

「焦？」

「好像肉燒焦了。」

「喔，老天，」桃麗說，快步走向廚房。男人的聲音說：「搞什麼鬼？」

肉燒焦的味道現在已經透進壁櫃，我也聞到了。

「你在做什麼呀！」男的問。

「我忘了。」她說：「我在烤一塊牛排，你一來，我忘了。」

「為什麼突然想起烤塊牛排？」

「我餓了。」

「你想騙什麼人？」

「沒有呀，我只是烤塊牛排。老天。我在自己公寓裡，給自己烤塊牛排，不行嗎？」

我聽到腳步聲——重重的、有權威性的、有恨意的。

然後那男的聲音說：「好吧，甜心，我還是要看一看。我要我自己來看，這裡在搞什麼鬼。」

我聽到一扇門打開，又關上。我聽到桃麗說：「不要這樣，鐸，不要這樣。」

然後是人體撞在牆上的聲音，顯然是桃麗被他一把推開了。

腳步聲走向我躲著的壁櫃。

我把門一推，自己走了出來。

向壁櫃走過來的大男人突然止步。

「你是在找我嗎？」我問。

「你他媽說對了，我是在找你。」他說，開始向我移動。

我站著，向他看著，一動也不動。

桃麗說：「鐸，不可以，鐸。我來解釋。」

他兩眼瞪著我，唇上皺起憤恨。我看到他一拳揮過來，我沒有去躲，反正躲過第一下躲不過第二下，我就受了一拳。

我感到自己一下向後飄去，天花板轉了半個圈，什麼東西撞上我後腦，我就什麼也不知道了。

醒回來的時候公寓裡焦肉香的味道尚在，桃麗用又怕又快的聲音在講話。我聽起來怪怪的遠遠的，耳朵聽到，但是不能在腦子裡過濾，不懂什麼意思。

「你還不明白，鐸？這個人正是我們求之不得的人。我們可以利用他，是我選上他的，正在設法和他搞搞熟。我要完全滿意，才把他交給你。現在你把一切搞糟了。」

「他是什麼人？」鐸粗嘎地問道，充滿了懷疑。

「我怎麼會知道？他的名字叫唐諾，我也只知道這一點。他才從聖昆汀出籠。他來這裡想在超級市場找個工作。有一個收款員跟他在牢裡認識，他認為他會幫他忙，但是那人見了唐諾冷冷的。我親自見他給他打回票，所以我才把他引到這裡來。」

「你怎麼知道他才從聖昆汀監獄出來？」

「他待久了，」她說：「一眼就看得出了。他雖然沒承認，但那是絕沒問題的。他有過前科，出來也不久。他很需要正常的人情世故照拂。」

「你準備給他什麼人情照拂呢？」

「你一定要知道的話，我可以告訴你，我要使他不寂寞。」

「我也這樣在想，你會的。」

「我要讓他不知不覺什麼都說出來，假如是合適人選，我會把他交給你。」

「再說說看，你怎麼知道他是在聖昆汀？」

「我們見面的時候，發生的事。」

「發生什麼事？」

「我的車給另外一輛車堵住了，他把堵住我的車引擎短路，發動了救我的車出來。我知道他一定是個職業竊車高手。他口袋裡有一截電線隨時備用的。」

靜了一陣，男的說：「該好好罵你，不可以自作聰明。我告訴過你，我是這件事的主腦。好吧，弄點冰水在毛巾上，我們把他弄醒再說。」

他們的聲音始終像來自遠方，又好像這一切討論的與我無關。

我聽到男人腳步聲，冰水滴在面孔上，而後是冰涼的毛巾敷上了額頭。有人拉開我褲子拉鏈，把長褲拉下，把襯衣向上拉，另一塊冰涼的毛巾蓋上了前胸和腹部。

我前腹的肌肉自然地收縮起來。我一下坐起來，張開眼睛，但自然的又倒了下去。

大個子彎身好奇地在看我。「好了。」他說：「起來吧！」

我試了好幾次，想用力坐起來。他抓住我肩膀，幫我坐起來，又伸出他的大手掌，握住我手把我拉起站直。

他把我重新打量一下，仰首大笑。

「有什麼不對嗎？」我問。

「把你襯衣塞進褲子去，把拉鏈拉好。」他說。

他把地上的濕毛巾撿起，向浴室的方向一甩，濕濕的啪嗒一聲落在打過蠟的地板上。桃麗趕過去，拿起來，進入浴室，過了一下回到外面，恐懼地看著我，「你還好吧，唐諾？」

「我不知道。」我說，勉強擠出一個笑容。

「不要難過。」那男人說：「我是班鐸雷。你是誰？」

「唐諾。」

「你姓什麼？」

「賴。」

「再說說看。」

「賴。」

「癩蝦蟆的癩？」

「沒有病字頭。」

班鐸雷想了一下，把頭和上身一起仰後笑。「我懂了。」他說：「無賴、抵賴的賴。」

「不是，」我告訴他：「姓賴的賴。」

「有駕照嗎？」

「還沒有。」

「出來多久了？」

我不吭聲。

「說呀！」他說：「出來多久了？」

我把眼光離開他的，「我沒有進去過。」

「好吧，你愛這樣說就這樣。你來這裡幹什麼？」

「我不知道。」我說：「這位小姐好心想請我吃牛排。」

「來這裡坐下來，」班鐸雷說：「我有話給你說。」

「我不想和你說話。我不幹了，我不知道她結婚了。」

「她沒有結婚。」班說：「我們有的是小姐。你和我都有，還夠六個和我們一樣的。我不是她的，她也不是我的，我和她同事。問你個問題，要不要和我們一起工作？」

「不要。」我說。

「為什麼不要？」

「不要就是不要。」

「你還不知道是什麼性質的工作。」

「我當然知道什麼性質。」

「你怎麼會知道？」

「你告訴我了。」

「我說什麼？」

「你問我要不要和你們兩個工作，我說不要。」

「那你要做什麼？」

「我希望找一個受人敬重的正經工作。」

「你怎麼認為我們給你的工作不夠正經呢？」

「你的講法不對。」

他說：「好，我換一種講法。」

「請。」

「你知道我是誰？」

「不知道，你自己說你姓班，我只知道這一些。」

「你知道我怎麼來這裡的？」

「你按門鈴。」

「少玩聰明，我怎麼會到這裡來的？」

「不知道。」

「我正好是昨天汽車被你搭線的人。我看你從我車裡出來，又爬上桃麗的車，我正好認識桃麗，所以今天特地來看看，桃麗為什麼請個人來搞我車子的鬼。賴唐諾，現在輪到你了。你給我好好說點老實話。」

「你……要我說什麼呢？」

「喜歡說什麼都可以。」班先生說：「假如我是你，一定先說服我，使我不去報警。我的車有些電線還是剝了皮的。我想你是知道的，這樣對付別人的車，是犯法的。」

我從眼角看看桃麗，她假裝沒有看到。

我說：「我說就是了。你的車擋住了她車子的門，不移動一下你的車，她進不去她的車。」

「你應該到市場裡面，廣播車號找我，由我來移車。」

「時間不太夠了。」

「你一定是有事十萬火急。」

「是她在急。」

「我不聽這種解釋。」

「但是就只有這一個理由呀！」

他想了想說：「你知道我可以送你去警局，但我也可以原諒你。你替我做一件事，我們就一筆勾消，兩不相欠。你看怎麼樣？」

「做件什麼事？」

「一件需要謹慎、膽大、機智的工作。做完了不但我不在乎你亂動我的車子，而且你口袋中會多出一百元現鈔。你看這件工作如何？」

「口袋裡多一百元滿誘惑的。」我說：「但是，我想我不要這工作。」

「為什麼不要？」

「聽起來……」

因為我停下了，所以他問：「聽起來怎麼樣？」

「聽起來像是件你自己不敢做的事。」

他又大笑道：「別傻了。我不是怕做這件事，但是我的身分不能去做這件事。」

「是什麼事？」我問。

「這是個好開始，」他說：「你開始合作了。」

他伸手到上衣內袋，拿出一個皮夾，從皮夾裡拿出半張報紙，交給我。

他要的一段已經用紅筆圈出。廣告提供兩百五十元獎金，給任何人能出面作證——對八月十三日，下午三時三十分，發生在哥林達市，主街和第七街交叉口的車禍。

「這個是怎麼回事？」我問。

他說：「你是這件車禍的證人。」

「我？」

「是的，你。」

我搖搖頭說：「我根本不在那附近，我——」

「聽著，」他說：「要你聽的時候，你總是亂講話。現在你聽到，我要你好好聽，知道了嗎？」

「好，我聽。」

「這才像話。」他說：「你當時在哥林達，你正沿著主街在走路，你看到那次車禍。一個男人駕了一輛別克車，他好像完全沒有注意到路上交通情況，一下撞上了前面的小車。前面的車子是輛輕型跑車，設計得很低、很漂亮，由一個小妞開著。你不知道車子的廠牌，只看見後面車子一撞，前車小姐的頭猛地向後一拉。你看得很清楚，但也只看到這一些。

「那小妞是一個人在跑車裡。她淺色髮膚，事實上你看到頭髮是金色的，大概二十六歲。她走出車來時你看到她，身高體重都標準，人也好看，穿得也很好。

「她和後面車子的男人互相交換了駕照。你繼續走，你沒有太發生興趣。車禍本來也看起來不嚴重，他們兩個也沒吵吵鬧鬧。你走到下一個交叉路口的時候，他們又分別駕車通過了你，別克車前面水箱破了，漏了不少水出來。那跑車似乎一點損失都沒有，也許尾部有一、兩處癟下，但是那女郎好像沒有受傷。」

「什麼意思你說好像沒有受傷？」

「她看起來完全正常，行動也完全正常。」

「當時我在走路，還是坐車？」

「你是在走路。」

「我在哥林達做什麼？」

「你在哥林達做什麼？」他反問。

「我……我不知道，這一點我要想一下才能回答。」

「那現在就開始想。」

班鐸雷轉臉對桃麗說：「你這裡有信紙嗎？」

她打開一個桌子抽屜，給他一本信紙。

「漿糊有嗎？」

「沒有漿糊，家用萬用膠行嗎？」

「可以，試試看。」

她拿給他。

他把紅圈圈的廣告，從報紙上剪下來，貼在信紙上，說道：「現在我們需要一個地址了。」

「讓他住到白京旅社去好了。」她說。

「很好，」他說：「白京旅社。」

「我一定得有點零花錢。」我說。

他不在意地點點頭：「那不成問題……現在，我說你寫，寫在這張紙上。」

我把他交給我的紙筆拿到。

「坐在桌邊寫好了。」

「現在寫：『我的名字是賴唐諾，我見到所述的車禍。你們可以在白京旅社聯絡到我。』再把你名字簽在下面。」

「等一下，這一切會不會給我帶來什麼麻煩？」

「你完全照我說的方法來做，就不會有麻煩。」

「會發生什麼呢？」

「會有人來和你聯絡。」

「之後呢？」

「之後你說你的故事。」

「萬一被他們逮出毛病來？」

「我就把你每根骨頭都拆散。」班鐸雷說。

「假如我的故事本來不符合事實呢？」

他向我露露牙齒說：「事實會符合你的故事的。你只要記住我告訴你的，你看到那男人開輛大別克。他有疲倦的樣子，也沒專心在開車。他想自一連串車中擠出超前，看看不行，又縮回去，他的速度反正已比其他車快了。

「在主街和第七街口有交通號誌，此時轉成紅燈，前面的車子停下了。那個男人反應遲了一點，所以就撞上去。

「另外你特別看清了一些東西。你看清在撞上的一剎那，女郎的頭突然向後仰，仰到相當向後。你曾站定了看了一下，看到所有在後面的車子繞過他們撞車的地點向前，看到那男人離開車子，看到女郎離開車子，看到他們交換看駕駛執照，看到男士繞到自己車頭去估計損失，有水自水箱漏出。你看到他們兩個分手，好像要回自己的車，你想好戲結束了，所以繼續向前走。」

「我是站在哪裡的？」我問：「他們會叫我比給他們看的。」

「你現在跟我去，」他說：「我會指給你看當時你在哪裡，你快把名字簽在這張紙上吧！」

「要不要我來寄？」我問。

「這些都由我來理會。」他說：「走吧，我和你一起去走走。我會告訴你車禍真正發生的地點，和你是站在什麼地方見到車禍發生的。

「之後我帶你去白京旅社，我會給你個有浴室的房間……你有換洗衣服嗎？」

「沒有。」

「好吧，」他說：「你可以買剃鬍刀、牙刷、乾淨衣服。你給我住在房間裡，不是必要不要亂跑。」

「住多久？」

「直到我給你說可以了為止。」

「我吃飯總要出去，另外——」

「當然，」他說：「你可以出去吃飯，你可以出去逛逛玩玩。你想看桃麗，可以來看她。不過到哪裡去都要和旅社聯絡。每過一、兩小時要回去看看有沒有人打電話給你。」

「假如有電話來又如何？」

「就說你見到這個車禍。」

「對什麼人說？」

「問你的人。」

「我有什麼好處？」

「我不再計較你想偷我的汽車。」班鐸雷說：「你這幾天舒服地住在像樣的旅館裡。還有，你立即可以有零用錢花。」

他打開皮夾。拿出一張二十元和一張十元面額的鈔票交給我，「一切都過去了之後，你還可以拿一百元。」

「廣告裡說的兩百五十元歸誰？」

「那個與你無關。」他說。

「會給什麼人呢？」

「反正不是你。現在我沒有太多時間給你來兜圈子了。你願意聽我話，做這件事，還是願意我拿起電話，告訴警察，我已經找到了想偷我車子的人了，給他們看車子上的證據，把你交給他們？」

「我簽字。」我說。

「那很好。」他告訴我：「可以簽在這下面。」

我簽了字。

他把紙摺好，放進口袋，「走吧，我來給你看，你哪裡見到的車禍。」

第三章　自白書

班鐸雷帶我到主街，我們沿街左側走到第七和第八街的當中。他說：「車禍就在前面的十字路口發生的。」

我停下來看那路口。

「不要停下來。」班鐸雷說：「繼續慢慢走。我們走到街角，向右轉通過馬路再向左，一直走到第六街，有機會找個商店櫥窗停下看一下。我們轉回來再來看這個十字路口第三次，然後我伴你走去白京旅社，這樣你該每件事都看清楚了。

「另外有件事你要記得，在小跑車前面還有兩、三輛車子，你記不清有幾輛了，但你記得小跑車不是開向燈號的第一輛車。

「你曾注意那輛姓賀的所開的大車——雖然當時你並不知道開車的姓什麼，但是那車好像失去了耐心，他曾靠左想超前過十字路口，但又發現車多過不去。也許是他發現其他你不知道的原因，反正他又縮回行列裡去。那時他車子比一行車裡每一輛快了一點。這時交通號誌變成紅燈，車子都停下，而──」

「據我記得，」我打斷他說：「交通號誌先變黃燈，最前面的車子如果決定要過去是可以過得去的，但是他做了煞車等綠燈的決定。」

班鐸雷把一隻手放上我肩頭，讚許地拍拍我，像個教練在鼓勵受訓的狗一樣，「唐諾，」他說：「你不錯！你靈光。現在你告訴我。在這之後，你見到些什麼了？」

我說：「後面每一個開車的人都只好趕快停下來，只有那別克車除外。開別克車的人現在我知道姓賀，他沒有停車。他繼續開，一直到距離前車三、四呎的時候才發現前面紅燈，其他車都停了。他猛踩一腳煞車，我聽到煞車不到十分之一秒，就聽到車子撞上了。」

「之後發生什麼事了？」

「其他的車繞過這兩輛停住的車通過。小跑車裡的女人走出車來，一面不斷用手在試她脖子的感覺，她像有一點發暈。她向自己車前走去，又立即發現不對，走向車後。此時姓賀的已走向她。他們站定，交換了姓名地址，互相看了駕照，女人走回自己車子。開車走了。

「姓賀的走到車頭看自己的車，水箱破了在漏水。他搖搖頭，回到車裡。車能發動，他相當驚奇，然後開走了。

「整個事件只幾分鐘就過去了，大概紅綠燈只換過一、兩次。」

我們到了轉角，等候燈號。

「很好，」鏵雷說：「現在你再看，假如燈號後面第三輛車和第四輛車相撞了，被撞的車位置應該在——」

「正好戲院進口前面，」我說：「我記得差不多是那位置。」

「另外一輛車呢？」

「另一輛車當然是差不多在後面十五呎左右——一個車身的距離。」

「你聽到兩車撞上的聲音？」

「我聽到撞上的聲音，但是街上交通聲音很雜，說它是車禍，只能算是極不起眼的一件小事。我想是因為一切很清楚，沒什麼好爭的，一輛車撞上了另一輛的尾巴而已。」

「有沒有引起很多注意？」

「有些人看到了，沒什麼好看，他們繼續走，辦自己事了。」

「你怎麼了？」

「我停下來，一直看到男人開車離開。」

「為什麼？」

「沒特別原因，只是自然好奇而已。另外一個原因是因為那女人很漂亮，我想看看她會不會有問題。因為車子被後面一撞，我親眼看到她的頭向後一仰，仰得那麼厲害。顯然她一點沒有注意，車子已停住，全身放鬆情況下，突然身體向前一撞，頭沒能跟得上，才會如此。」

通過了馬路，班鐸雷說：「好極了，賴。我們不必再向前多走了，就從這裡往回走，經過戲院的時候，看看他們在演什麼。」

我跟著他從主街的另一側又往右轉回走。走到戲院前面，我們停下來看看在演什麼。班說：「你都弄明白了？」

「當然。」我告訴他：「我親眼目睹的，那是八月十三日，下午，大概三點半。」

又一次，他拍拍我的背，「唐諾，」他說：「你很上路。現在我陪你走去白京旅社，離這裡只一條半街，是城裡最好的了……可能你兩小時內就會接到電話了，不要錯過了。」

「之後呢？」我問。

「接到電話後，」他說：「你應該去和這個人見面。」

「打電話的會是什麼人？保險公司？」我天真地問：「還是什麼律師？或是——」

「都不是，」班鐸雷說：「你現在知道了也好，打電話找你的是賀卡德先生。賀先生是個地產商，專門開發新社區，他有一個合夥人叫麥奇里，賀麥是他們公司的名字。」

「真的呀！」我說：「我還時常聽到他們公司名字，這是——」

「當然，他們是房地產公司。」班鐸雷說：「也是建築公司，你看那輛大車就是他們的，連木材一車車買來都自己運，一貫作業。」

我看那大卡車經過，車子旁邊漆著賀麥公司。

「他們在這一地區有大工程？」

「目前他們在哥林達市三哩外開個大社區。」班說，一面把手放在我肩上導引方向：「賴，我們兩個不要被人見到在這一帶逛。」

我跟著他走，距離保持一步半。

「剛才打你一拳真抱歉，」他說：「我脾氣不好。」

「算了。」

「希望沒打得太重。」

「也不算什麼，」我說：「也許我有昏過去十到十五分鐘。」

「哪有！最多也不過一分半、兩分鐘。」班說：「不過我實在很抱歉。」

「沒關係。」

「我總會想辦法補償你的。」

「說過的，算了。」

「有關桃麗，雖然我為她發脾氣，我倒沒有意思做個籬笆把她圍起來，我還希望你和桃麗交個朋友。你很寂寞，這件正事辦完你盡可自由去看她，愛看多少次都可以。我自己可能離城幾天。」

「我在白京旅社住幾天？」

「可以一直住到賀先生給你電話。」

「之後呢？」

「之後去看他，和他談，告訴他有關意外的一切。」

「他是報上出懸賞的人嗎？」

「唐諾，你問題太多了，你不該有那麼多問題的。你只要告訴他們事實就可以了。」

「好的。」我說。

「你就住在旅社裡，今天和明天——之後你可以去看看桃麗。她對你滿好的，她也是個好女人。她會對你說我要你之後做什麼的——之後唯一的工作是和我保持聯絡——我雖不是大老闆，但總要看到你有工作做。」

「那樣就很好了。」我說。

我們就這樣走到了白京旅社。

班鐸雷給我一百元錢，「好了，賴。」他說：「現在開始，由你單獨作業。這是開支的費用，工作完了。還有一百元。我滿喜歡你的。」

他給我背上最後的一拍，自管消失在街上。

旅社職員勢利地看看我。

我說：「午安，我姓賴。我有點事來這裡，但是時間耽誤得比想像要多。我連想見的人都還沒見到。我要一個有套房的好房間。我特別在乎一定要收到找我的電話。我沒有行李。」

我自口袋拿出現鈔。

「賴先生，你好。」他想了一下說：「請填張單子。」

我們在舊金山有一個互通生意的同行，所以我填了舊金山那偵探社的地址。僕役帶我去房間，我付了小費，脫去鞋子，躺在床上輕鬆一下。

一小時後，電話響了。

我回答電話，心裡在想，郵寄郵政信箱不可能那麼快。

一個男人聲音說：「是賴先生嗎？」

「是的。」

「我是賀麥房地產建築公司的賀卡德。」

「是的，賀先生。」

「我知道你在八月十三下午，在主街和第七街交叉口，看到一次車禍。」

「喔，是的賀先生。我見到的，但是我不知道你怎麼會知道——」

「我要和你談談。」

「我，我會在這裡——」

「賴先生，我目前沒有辦法離開這裡，但是我可以派輛車來接你。希望你能勞駕到我這裡一下，我也會送你回去。可不可以？」

「沒關係，可以。」我說。

「謝謝你。二十分鐘內有一輛車來接你，也許十五分鐘。」

「我會在大廳等。」我說：「能不能形容一下開車的人？」

「不是男人，會是個女人。我的秘書。」賀卡德說：「她的名字是陸洛璘。是紅髮，大概……喔，我最好不說年齡，因為她現在就坐在我辦公桌對面。」

我看看我的錶說道：「準十五分鐘之後，我會在旅館開向正街的大門口等著，一直到她來接的。」

「很好，」他說：「記住名字，陸洛璘。」

「我會記住。」

我梳洗一下，等了十分鐘，乘電梯下到大廳，對櫃檯職員點點頭，敏捷地走過他，出門向街上走去。大概等職員有了一個概念，我是有事匆匆出去之後，我溜回來，站在圓轉門的一側，櫃檯職員看不到我的地方。

兩分鐘之後，她來了，駕一輛大而發光的凱迪拉克，在她手裡，像輛馬車。她輕鬆地利用手腕，花一點極小的力氣，因為有動力駕駛的關係把車馴順地滑向路旁。她把車停住，滑向右側車座打開右側車門，看到我，停在那裡。

她是個漂亮妞。

裝腔作勢的坐在汽車的座墊上，馬上要自車中出來的樣子，她的裙子拉得高高的，神色有效、機警、聰明。她看著我的眼睛，微笑，看見我向車走去，退回本來的座位。

她說：「真是洋相，這種摩登短裙就是不能用來配低的座位——我們先別弄錯。你是賴唐諾，是嗎？」

「我是賴唐諾。」

「我是陸洛璘，假如你準備好了，我們現在就走。」

「我準備好了。」我說，滑進車座，把門帶上。

她自後照鏡看一下，打上左轉方向燈，又看一下後照鏡以確定安全，把車向左開出停車位，進入車流中。

我們跟了下午擁擠的車陣，經過了第七街的交叉路口。「你住在這裡？」她問。

「不是永久性的。」我說：「我來來去去。」

「你看到了車禍？」

「是的。」

她說：「賀先生要我把你講的話用速記記下來。」

「現在？」我問。

「不是，現在我開車，是等一下你和他講話的時候。」

「我無所謂。」

「你做什麼的，賴先生？」

「什麼都做。」我說。

她笑著說：「我是說你的職業。」

「目前我前職已辭，新職未開始。在兩個工作之間。」

「喔。」

她開亮右轉方向燈，在第一街街口右轉，然後加速。

她那麼熟練地駕駛這輛車，她好像從不用煞車，她看得出什麼時候擁擠的多車路上會有空隙。她會先把車開到合適的位置，空隙一出來，只要一加油就過去了。

「妳是賀先生的秘書？」

「是他的，也是麥先生的。他們是合夥公司。房地產、建築、新社區。」

「很多對外聯絡？」我問。

「對外聯絡、」她說：「公共關係、電話、合同、開標、收據、預估利潤、安插人事、安排出差等等。」

「這裡的新社區有多大？」我問。

「是個大計劃。」她說：「目前公司幾乎全力於此，不過這一行本來就是如此的。你把全力放在上面一拚，第二天要增加工作量百分之五十，突然發現第三天非增加百分之一百不可——我喜歡挑戰。」

「你好像很專門的？」

她向我瞥一眼說：「我做什麼就要像什麼。我認為要這樣才忠於自己——也忠於僱主。這本來就是個競爭社會。優勝劣敗，適者生存。」

「很有哲理。」我告訴她。

「謝謝。」

她把方向盤轉右，又轉右進入一個半圓型車道，停在一個典型新社區房地產辦公室門口。

「到了。」她說。

一個大招牌寫著賀麥建築，在下面有藍白邊，框著紅字「雅風天堂社區」。

我開門走出車來，在車旁站立一下，假裝吸口新鮮空氣，對周圍環境非常讚許。事實上。我是在看有沒有那個在跟蹤我的人的影子。

我看不到有可疑的人。

專用臨時停車場裡至少有一打車子停著。四、五個推銷員忙著給可能的買主看藍圖。兩、三百碼外，高丘上，也有兩、三對人在觀察規劃好的地段。

我們要進去的辦公室是典型的高尖頂活動房屋。顯然在工作到一個段落後可以分解，又帶到別的地方去湊合起來的。因為可以再用，所以沒有廉價的感覺。

陸洛璘從左側離開汽車，繞過車身走到我旁邊，說道：「你看這裡怎麼樣？」

「看起來真好。」我說：「真是個好地方。」

「是這一帶最好的市郊居家地方，」她說：「奇怪以前沒有人想到在這裡開發，使市區裡人口壓力那麼大。信不信由你，這塊地的主人已經開發這裡五十年，養乳牛。」

「你意思是沒有人建議和他合作……」

「當然，有人找過他，」她說：「但他不予理會，這地方養了好幾代的乳牛，他還要繼續養乳牛下去。」

「後來，他死了？」我問。

「他死了。繼承這塊地的發現交完遺產稅，他們就不能維持牧場了，才和賀麥來主動討論。事實上他們聯絡了三家公司，而我們給他最好的條件。」

「可以進去了嗎？」她改變話題來結束這一段談話。

「外面那麼漂亮，簡直——」

「賀先生在等你，這段時間他是給你的。」

我向她笑一下說：「走吧。」

她把我帶進接待室，大接待室四壁都是地圖和照片。前半部有六張寫字桌，桌後都坐著美女，不過都不是花瓶，每個人都有事在做。其中三位顯然是在替等著的主顧訂合同，收支票，打收據。

接待室兩側各有個私人辦公室，右側一個門上漆著麥奇里，左側門上漆著賀卡德。

接待室後半部有三張打字桌，很多電話和檔案櫃。一個漂亮褐髮女郎正在飛快地打字。「我的助理。」洛璘一面走向賀先生辦公室，一面自肩後回望說，算是給我們介紹。

那助理抬頭，用她大而羅曼蒂克的深色眼珠看向我們，露出牙齒，莞爾著立即站起來，走向我們。

長長的腿，美得像藝品店裡的石膏像。不是我見一個愛一個，這一個是絕對可以隨時參加泳裝選美的。

她說：「這是——」

洛璘阻止她說下去，「見賀先生的。」她說：「我帶他進去。」

洛璘沒有敲門就把門打開，留下褐眼的窨在那裡看看我，臉上仍掛著笑容，眼睛已不笑了。

賀卡德的辦公室又大，又豪華，一定是花了太多成本的。一張會議桌，可以坐二十人左右開會。一個大的地區模型，把這地區山川形勢全依比例做得很像。模型是用混凝紙製作及雕刻的，公路旁的樹、公路及停車場上的汽車、依比例的小房子，都是塑膠訂製的。一個大的弧光燈斜掛在天花板上，使模型房子都有一個向陽的感覺。

賀卡德的辦公桌，是個大傢伙，上面有各種小擺飾，但是沒多少紙張。

賀卡德自己，四十出頭不少，已五十在望了，是個容光煥發的大個子，有一雙精明的灰眼，像所有成功的生意人，他說話慢吞吞，但十分和氣，見到我們進去，立即站起來握手。

站起來時，他像個巨大的德州佬。他穿了壓寬邊的上裝、牛仔靴，至少有六呎二吋，有著隨時可以因為細故向你露齒微笑的習慣。

「你好，賴先生，你好。你能來實在太好了。請在這裡坐。」嘴唇上修得又短又整齊的小鬍髭，顯著鐵灰的顏色，加強了他的說服力。

我和他握手，告訴他我很高興有機會和他見面，又告訴他，他這個新社區選得真好，絕對會是個大成功。

「當然，當然是的。」他說：「我們在南加州任何地方都有最好的新社區，但是我們目的不在此。我們提供每一個客戶賺錢的機會。

「我們選中一塊地，我們開發它，但是我們創造利潤，和我們客戶分享。

「我不在乎告訴你。我動手很快。我看中一塊地，完全弄好，交給別人管理，自己馬上去搞別的地。我不喜歡拖泥帶水幾個月也賣不出去，幾年也造不好。我和客戶分享利潤，我看中的低價賣給客戶，賣不出的找個財團吃下來，馬上開工。定期完成。我是用幾月幾日完工來向客戶保證的。不是第一期完工的時候，第二期完工的時候——那都是騙人。我自己和客戶心思相同。我要早日去做下一件工作。

「我利潤雖薄，但是我可以多翻幾次，結果是一樣的。我——老天，我好像是在想賣一塊地給你一樣。我真的不是——當然，假如你有興趣，我真的可以介紹一塊地給你，而且保證在很短時間內，你可以對本對利甚至兩倍三倍的收回成本。

「你看，我又來了，三句不離本行。一說又說到房地產，我其實是要和你談車禍的。」

「喔，是的。」我說。

「賴先生，你能告訴我，你看到什麼了嗎？」

我說：「是八月十三日，下午三點三十分。」

賀卡德向陸小姐點點頭。陸洛璘自桌上拿起準備好的速記簿和鉛筆，坐下來，兩腿一叉，把速記本放膝蓋上，有效地速記起來。

「假如妳不介意。」賀說：「我要請我秘書記下一些重點，如此我們兩個不會彼此誤解。我這裡每天事情太多，所以我不能不養成大小都記下來的習慣，否則我會忘……我想我記性沒有以前好了。你怎麼樣，會不會有時記憶不清？」

「我還好，還管用。」我告訴他。

「到底年輕有用。」他說：「不能不服輸。說到哪裡了？」

洛璘說：「八月十三日，下午三點三十分。」

「喔，是的。賴先生，請說下去。」

我說：「我在主街西側向第七街的方向行走。在主街馬路靠東側，有一連串車子在向北開。我想有四、五輛車子——大概是四輛。

「我對主街與第七街相交的十字路口滿注意，因為正想通過主街，想在主街東側的人行道上走。我在估計，用怎樣的步伐正好可以走到十字路口，不必等候，燈號正可以讓我到街的對面去。

「交通號誌自綠色變為黃色。那一連串北行車的第一輛本可快速通過的，但他踩了煞車，後車只好煞車。第三輛車是一位年輕小姐在開——非常漂亮——等一下，是再後面一輛車。可能從停下的第一輛車算起，她是第四輛車，不能確定，也許第三輛。」

我緊閉雙眼，好像在猛想當時情況。

「是的，是的，說下去。」賀說。

「女人開的車是輛輕的車。我不知道是不是外國車，是輛跑車，敞著頂。我記得不會錯，因為撞車時我看到那小姐很清楚。我的意思是她車被撞時，我看得很清楚。我看到她頭頸後仰——她整個頭向後仰。」

「是的，是的，說下去。」賀卡德說。

「後面是一輛大車。」我說：「雖不是最大，但是是相當大的別克，開車的未能及時煞車。他曾竄出來想從左側超車，因為我第一眼見到那車時，它正退回車道去。」

「是的，是的。」賀說：「賴先生，你有沒有見到那開車的人，再見到會認識嗎？」

我搖搖頭：「那時候沒有。」

他皺眉看看我。

「撞車之後，」我說：「我看見他自車中出來。」

「你會認識他囉？」

「那時候不會，因為我本來不認識他。但是現在我認識他了，你就是這個人。」

他臉上迸出了笑容，「那你認為是什麼人的錯誤呢？」

「老天，什麼人的錯誤是清清楚楚的。」我說：「賀先生，抱歉我這樣對你說。我也不喜歡自己要做一個對你不利的證人。不過這真是你的錯，完全是你的錯，是你撞上前車的尾端。你有煞車，但是三、四呎之內煞不住這樣快的車速。不煞車當然損失更大——事實上發出來的聲音出奇的小。不過這一撞力量可真的不小——我看到那女人頭向後倒。」

「是的，是的，之後發生什麼了？」

「她從車裡出來，你從車裡出來。你們彼此交換駕照。」

「那女人出車子的時候，表情如何？」

「有一些昏暈，」我說：「她一直把右手試她脖子後面。你給她看駕照後，她記下你名字的時候還在用左手按脖子。」

「之後呢？」

「之後她把車開走了。」

「你知道車禍發生的正確位置嗎？」

「當然。是在主街馬路的東側。快要到第七街的交叉十字路口。正好在一家電影院的門口。」

賀卡德說：「賴，我請你幫我一個忙。」

「什麼忙？」

「我要你簽一張自白書給我。」

「可以，沒什麼不可以的。」我說。

他向他秘書笑笑說道：「打字，洛璘，就用他的措辭，逐字不漏。」

她點點頭，站起，走向門口。

她離開之後，我說：「很能幹的女人。」

「我用過最能幹的女秘書。」賀說：「但是在我這裡工作，不能幹不行。」

「她一定也是最漂亮的。」我說：「她的助手也不賴呀。」

賀卡德露齒道：「門面，賴先生，我們這一行要這種門面。你有沒有在新社區買塊地的經驗？」

「從來沒有過。」

「什麼事都有個開頭，唐諾。你不妨在這裡買塊地，保證你發財。」

「你瞭解，我不能因為你給我自白書而給你錢。但是我可以給我們土地的內情資料——你看我又來了，三句不離本行，又來了。我們本來在談什麼，唐諾？」

「你的秘書群。」

「喔，是的。」他說：「你知道，你該看看她另外一個助手，那個金頭髮的。」

「你有三個秘書？」

「是洛璘需要兩個助手。金髮的今天休假——唐諾，我告訴你。假如我們好容易說動了一個人買一塊地，結果在簽約的時候，弄一個塌鼻子、扁臉板的女人請他們簽字，會連他們購買慾望都趕跑的。

「你看接待室的小姐，其中兩個得過小地方選美的冠軍。我喜歡美的東西。我告訴她們要利用美色，見到客戶要迎上去，要友善，這是我的信條。

「我們這裡動作快，客戶一進門我們就讓他做大佬。經過我訓練的小姐，連從汽車裡出來也不一樣。我們看電影常學到女人當怎樣離開汽車，像個淑女？去他的，男人要看的不是那淑女樣。當然，來買地的要是是女性或夫婦一起來的，又不一樣，那是另外一套。」

「是夫婦一起來的有什麼不同呢？」我問。

「噢，最重要是先分別出他們家中是什麼人較有力量，將來是由什麼人來簽合約。」

「唐諾，你知道男人是很好玩的。他們到海灘去，多少女人、多少暴露無遺的大腿，他們看在眼裡，只是大腿而已，但是女人下汽車，只是一瞥，而且暴露完全不能和泳裝比。這下不得了了，他們以為看到點什麼了。

「拿女人的心理學看來，海灘上她們怕你不看她，但是一旦穿上裙子、絲襪。你要看她襪口以上的部位，她會說你偷窺狂，至於三角褲更視為禁地。

「我更不瞭解的是女人在舞台上的秀，甚而是電視，她們跳舞的時候，假如把裙子翻起來，讓大家看看三角褲，那就變成低級趣味，要被取締了。但是，一旦要是改用長裙子，三角褲又和裙子襯裡一樣顏色的話，就可以大翻特翻，怕你看不清楚三角褲的顏色。這是我不懂得女人心理學——不過，我也很會用男人對女人的心理學。其實，唐諾，推銷就是一種心戰。舉個例子……」

陸洛璘推門進來，把二份紙交給我，也交了一份給賀卡德。

電動打字機打出來的資料，平均、美觀、清清楚楚，有點像印出來的，沒有橡皮擦痕，每一行結尾都在一條線上，確是依照我所講的逐字不漏寫的。

「能簽給我嗎？」賀說。

「沒有問題。」我告訴他。

他交給我一支鋼筆。

我在虛線上簽字。

「會反對宣個誓嗎？」他問：「只是為了使它合法化。」

「可以呀。沒關係。」

他向洛璘看一眼。陸洛璘說：「賴先生，請舉右手。」

我舉起右手。

「你以至誠宣誓，剛才簽過字的自白書。裡面所說的都是事實，除事實外沒有別的。願主助你。」

「我宣誓。」

她左掌本就帶好了一個公證小印章。

她把我簽好字的文件，拿在手裡，有一個位置，在紙的底上。打字字體印好著：「在余監證之下，於十月五日，經自白人親筆簽名，宣誓。」她在這下面簽上名字作為公證人，蓋上公證印章，把文件交給賀卡德。

賀卡德仔細看過，點點頭，站起來，把手交給我握，表示會面已經結束。

「謝謝你，非常謝謝你，賴。我們這個社會就是缺乏像你這樣的好公民，肯為正義挺身作證。」

「現在洛璘會送你回旅社──除非你想看看這裡的土地。你真有興趣，她會親自──」

「下一次再說，」我說：「我目前無力做投資的事情。我也暫時不可能有多餘的錢付頭款。」

他嘖嘖地用舌頭在牙齒上做出聲音，同情地說：「太糟了，太糟了。不過天下的事本來就是如此無情的。天大好的賺錢機會，但你沒有辦法把手伸出去。賴先生，我們只要你付一點點訂金，會給你……」

我鐵定地搖搖頭。

「好了，好了，我不再強迫你了。我只是想也幫你一點小忙——我唯一能做的合法補助。洛璘，把賴先生送回旅社……我想你的地址不在自白書裡，唐諾。」

「旅社的登記上有。」我說。

「你最好能告訴我，我可以記在自白書上，以後也可以和你聯絡。」

我把舊金山那個地址給他。

他從辦公桌繞出來，把大大的左手握住我右肩，用右手握住我右手，大大地上下搖著。他說：「謝謝你，謝謝你，唐諾。我真不知怎樣報答你才好。這樣！任何時候，你想買一塊地，你就告訴我。我現在什麼都不說，但是我一定選好一塊地。暫時不把它賣出去，這一定是一塊最好的地。我給你保留……保留三十天。三十天之內任何時間，你都可以來找我。」

「賀先生，」我說：「有一點，我們兩個千萬別誤會了。那件意外，在我看來，確確實實是你的錯。」

「我知道，我知道，是該由我負責。」他說：「是怪我不好。我只希望那可憐的女孩傷得不是太重。」

「我也這樣想。」我說：「那女孩很好看的。」

「你滿注意這種事的，是嗎，唐諾？」

我看看洛璘說：「我注意這種事。」

他笑笑道：「洛璘，送他回旅館吧！」

她微笑向我道：「賴先生，準備好了嗎？」

「準備好了。」我說。

我們走向她車子，我準備繞過車子到左邊去替她開門，幫助她上車，但是她一下把右邊車門打開，跳進汽車，滑向方向盤後面。

我跟著她進去，坐在她邊上，把車門關上。她熟練地把車開上車道。

「你對賀先生印象如何？」她問。

「很好。」

「他是個極好的男人，替他工作很好。」

「麥先生呢？」我問。

有半秒鐘的靜默，可能是她正在集中精神把車開過交流道，也可能因為別的原因。

「他也不錯。」她說。

「你的工作一定很愉快的？」

「是的。」

「你喜歡？」

「我愛上了。」

「你自己也很喜歡快動作？」

「活力才是生活。」她說：「沒有動作——甚至慢動作，等於死亡。常規工作沒有活力，我喜歡變化。每天、每分鐘，我希望有新的情況，要用我腦子、能力來對付。」

「我想你目前做得不錯。」我說。

「謝謝你。唐諾。有人告訴過你，你是非常好的嗎？」

「賀卡德就說過。」我說：「不過我想他想賣塊地給我。」

她大聲發笑道：「唐諾，你真是令人發噱！你會在城裡待多久？」

「我也不知道。」

「這裡認識什麼人嗎？」

「極少數。」

「男的還是女的？」

「都有。」

「希望你不要使自己太寂寞。」

「我不會的。」

「那就好。」她說：「萬一沒事做，你可以找我，我的電話電話簿裡有。」

「你不會想賣什麼東西給我吧？」我問。

她又大笑道：「那可說不定喔！」

我們有兩、三分鐘不開口。她把車拐進旅社的門前，向我微笑道：「說不定，唐諾。我還會給你點東西呢。」

她很快的伸手讓我握一下，給我一個簡短的笑容，把全神注意車前的情況，等候我把門關上。

我把門關上，她匆匆看一下後照鏡，把車開走。

第四章　侵略性強的傢伙

旅社職員告訴我，沒有人給我留話。我告訴他我要在城裡遊覽一下，走出旅社，又走了一條半街，才找了輛計程車。

計程車把我帶到超級市場。我取回停在那邊租來的汽車，把車子開回旅社，在旅社裡逗留到天黑。

全世界沒有人注意到我的存在。竹竿樣高瘦的男人再也沒有出現。沒有人管我進出，也沒有人留言。

天才轉黑我打電話到厲桃麗的公寓。

沒人接電話。

我找了一個公用電話，打給卜愛茜的公寓。

「哈囉，愛茜。」我說：「一切都好嗎？」

「唐諾！」

「有什麼困難？」

「有個男人打過電話來，聽起來——很危險。」

「要人聽起來危險很容易的，」我說：「他要什麼？」

「是有關於你見到的一件車禍，他好像很——他對這件事很困擾。」

「真的嗎？」我問：「他多久打一次電話來？」

「過去一個小時，來了三次電話。老天，我不知道怎麼敷衍才好。我告訴他我根本沒想到誰會把我電話告訴別人。不過我哥哥從外地來看我，我隨時都在等他回來。」

「我是很快會回來了。」我告訴她：「再維持一下。」

「唐諾，這件事——會不會有危險？」

「我怎麼會知道？」

「我有點怕。」

「你不要怕，我馬上會回來。」

「還要多久？」

「一小時之內。」

「喔，唐諾。我——你會自己小心的，是嗎？」

「奇怪。」我說：「通常你只要我乖一點，現在你要我小心。」

她神經地笑道：「我煮好晚餐等你好嗎？」

「好主意，」我說：「會使我有回家的感覺。」

「要吃什麼？」

「腓力牛排和香檳。」我說。

「我是薪水階級呀。」

「這次是公款開支。」我說。

「香檳和腓力。」她說：「厚厚的。」

「對，厚厚的。」

「嫩一點的？」

「嫩一點的。」

「洋芋，如何？」

「烤的。其他馬虎一點，不必做沙拉，開一罐青荳。我到了之後再烤牛排好了。那傢伙再打電話來，問他一下姓名，告訴他，我有事耽擱了。但是我打過電話給你，一小時內會回家吃晚飯。叫他現在開始一小時半之後來，我可以和他談談。」

「你一定要在他到之前回來才行，唐諾。」

「會的。」我告訴她：「你把牛排、香檳買好，要發票。我可以向白莎報賬。」

「白莎會跳腳。」

「她跳她的。」我說：「等著，我要回來了。」

我把電話掛上，交通情況比我想像好得多。我在四十五分鐘的時候到了卜愛茜的公寓。

卜愛茜已經把香檳裝在冰筒裡，兩塊厚厚的腓力牛排泡在醬油裡等待進烤箱。洋芋已在烤箱裡烤，一罐青荳已經開出來，兩條法國麵包，已切成片，塗上厚厚的奶油，隨時可以烤，另外有一罐大蒜醬在麵包旁邊。

「噯，像回到甜蜜家庭來了。」我說。

她想說什麼，突然自己停住。臉上嫵媚地升起紅霞，多半和她想說的有關。

「發票沒忘記吧？」我問她。

她把發票給我。

「我們的朋友，又有電話來嗎？」

「你掛斷電話，不到一分鐘，他就來電話了。」

「你告訴他可以來這裡找我？」

「有。」

「他怎麼說？」

「他說他會來，要我告訴我哥哥，這完全不是件開玩笑的事。他說最好你要說實話。」

「你怎樣告訴他？」

「我告訴他我哥哥從不說謊，這是我們家族優點。」

「好孩子，」我說：「目前我們要看起來像兄妹。」

我把上衣脫掉，袖扣取下，衣袖捲起，領帶拉鬆，風紀扣解開，正想再看看可以做點什麼，門鈴響起。

「愛茜你去開門。」我告訴愛茜：「就說你哥哥才回家，問他姓什麼？」

「等一下你給我介紹的時候，不要提我姓賴，只說『這是唐諾』就可以了。懂嗎？」

「我懂。」

「去吧。」

她走向門去。

站在門口，肌肉厚厚的、敵意和侵略性兩重的傢伙，眉毛像掃把，頭的兩側有很厚的濃髮掛到耳朵下面，但是頂上頭髮稀少。他穿了一套昂貴的衣服，但又好久未擦鞋了。

「哈囉。」他說：「你哥哥回來了嗎？——喔，在這裡，我見到了。」

他開始要進門。

愛茜擋住在門口：「請問你尊姓？」

「裘，裘好利。」他說，伸手把愛茜推向一邊，自己走了進來。

「你是那個哥哥？」他問我。

「我是那個哥哥。」我說，一隻手裡拿著烤肉的長鋼叉，把泡在醬油裡的牛排翻個身。「我來的地方，只要是人，沒有人請是不會亂往別人家裡闖的。」

「抱歉，我是衝動了一點。我——這件事對我太重要了。」

「禮貌——我最重視。」我說：「我妹妹是個淑女。」

「我沒說她不是呀！」

「你的行動，不像對待淑女的樣子。」

「等一下，小伙子。」他說：「我要和你談談。」

「我不是小伙子，」我告訴他：「我的名字叫唐諾，你給我出去，站在門外面，等別人請你才進來，否則這裡沒人和你談。」

「原來如此，我早就想到的。」

「想到什麼？」

「你裝腔作勢，就是不敢正式談談。」

「我現在正在談。」我說：「我也表明了我的立場，我叫你先退回到門外去。」

我向他站前一步，手裡還是握著肉叉。

他把雙肩向後一撐，胸部向前一挺，想一想不見得有好處，走出門，在門口轉身，向開著的門上敲了幾下。

卜愛茜，一直在看我演戲，眼光瞟向我，等候指示。

裘好利說：「噢，晚安，女士。我是裘好利。這樣晚來打擾你真不好意思，不過因為這是一件很重要的事。

「我知道你的哥哥見到一件兩個月之前的車禍，我想和他談談。」

愛茜跟著他演戲，「噢，您好，裘先生。」她說：「我是卜愛茜。請你進來，我哥哥在家，才回來。」

「謝謝，非常感激。」裘好利一面謝，一面點頭進來。

「怎麼樣？」他問我。

「這次，」我說：「才像話。你來早了，我還沒吃飯。」

「請坐，裘先生。」愛茜說。

「謝謝你。」他說。

在掃把眉毛下面的眼睛盯了我一眼，他說：「現在能不能請你告訴我，你看到什麼了？」

我說：「好像還有一筆懸賞？」

「兩百五十元。」他說。

「既然有賞格，當然先談賞格的事。」

「但對我沒有用的事，我是不會出錢的。你使我相信你見到車禍，我就付兩百五十元。」

「也公平。」我說。

「那就好，你說吧！」

我說：「是那一天下午的三點三十分左右。我在哥林達沿著主街走，我是在街的左側人行道向北走，在第八街和第七街之間。事實上已快到主街和第七街的交叉口。我在看紅綠燈，因為我想在街口穿過馬路走在主街的東面人行道，所以在計算是不是趕得上本次燈號改變。」

「說下去。」他說。

「有一些車——我想是四輛——在接近紅綠燈。交通號誌改變，黃燈亮起。四輛車中頭一輛本可在燈號變紅前安全通過，但是他非但沒有積極快速通過，反而重重地踩了煞車，把車停住。

「在他後面的事，也只好趕緊煞車。第三輛車是敞篷輕型的小跑車，是個漂亮女人在開車，再後面的車開得很快。開車的人顯然曾把車向左開出，要想超車，但因為——」

「你怎會知道？」

「因為我看到的時候，他正在把車縮回車道丟，但還是開得很快。」

「之後發生什麼了？」

「那輛開得快了一點的車，是輛別克，撞上了前面的小跑車。她的車已停住，後車撞上去撞得不輕。」

「她有受傷的樣子嗎？」

「除了脖子不太對勁外，其他什麼受傷的樣子也沒有。」

「脖子怎麼樣？」

我說：「脖子當時向後仰了一下，仰得很厲害。當時她車已停住，人都放鬆了。我看到她脖子向後仰。」

「她車完全停住了？」

「在撞到之前，她已把車停死一、兩秒鐘了。」

「之後呢？」

「兩個人各從自己車出來，談了一下。女的先開走，男的走到自己車頭，看了一下，聳聳肩，也開走了。他的水箱破了，我想，因為馬路上留下了一灘水。

「我只看到這一些，為了看這一些我自己也錯過交通號誌改變一、兩次的機會。」

「你有沒有記下牌照號碼？」

「沒有，我沒有。」

「再看到他們，你會認得出嗎？」

「當然，我看了他們不少時間。」

「形容一下那男的。」

「又高又大——像個德州佬，穿套棕色衣服，運動襯衫。」

「多大年紀？」

「喔，四十二、三。」

「高？」

「總至少六呎二，保養很好。儘管車子水箱都破了，他還是笑瞇瞇的。他有一副剪得很短的小鬍子。」

「那是什麼時候？」

「三點三十前後不差幾分鐘。」

「哪一天？」

「八月十三。」

裘好利說：「我要給你看張相片，也許根本不是這個人。我也知道從相片認人很困難，但我要你試一試。」

他從口袋中拿出一個皮夾，從皮夾裡拿出一張賀卡德的相片。這是張很好的便照，上面是裘好利自己和賀卡德，兩個人並肩站在賀麥公司，雅風天堂社區大招牌前面。

「上面你有人認識嗎？」他問。

「右邊一個是你。」我說。

「左面一個呢？」

「左面的，」我很有信心、有把握地告訴他：「就是開那輛別克，撞上小跑車的人。」

「你能確定？」

他問。

「能確定。」

裘好利慢慢又不太甘願地把皮夾放回口袋，「我什麼地方可以一定找到你？」

「找愛茜就可以了，我到東到西都會和她聯絡。」

「你也住這裡？」

「不住這裡。」我說：「她讓我在這裡隨便擠兩天，我是一定要走的。」

「去哪裡？」

「沒一定。」

裘好利猶豫了一下，再取出皮夾，拿出兩張百元和一張五十元的鈔票，交給我。

「拿了這個錢，你要我替你做什麼？」我問。

「啥也不幹。」他說：「就是啥也不幹。」

「我是不是應該知道站在你邊上的人，叫什麼名字？」

「為什麼？」

「那樣，我見到他的時候，可以告訴他我見到車禍。」

「到底什麼人不對？」他問。

「是他不對。」

「你想他會高興有個證人，站在證人席上說是他錯嗎？」

我把三張鈔票用手指玩弄著說道：「沒有人自願要做證人呀！」

「你應徵了廣告。」他說：「你也得到了懸賞。現在，可以忘記這件事了。」

「你說忘記，什麼意思？」

「就像我告訴你的——忘記掉這件事。」

他毫不費力的自椅中站起，像一個還在天天訓練的運動員，走向門口，轉身。自上到下的看了卜愛茜一眼。說道：「謝謝你，打擾你了，尤其抱歉剛才的不禮貌。」

他自己走出門去，把門自身後關上。

卜愛茜看看我。我看到她膝蓋開始顫抖。

「唐諾，他是什麼人？」

「我不知道。」我說：「唯一我可以告訴你的是，他不是那一個人。」

「他不是哪一個人？」

「他不是裘好利。」我說。

「為什麼你這樣想？」

「他袖扣上的英文字母用的是『M』，他領帶夾上也有個『M』，照片的背景是賀麥房地產建築公司。那個和他在一起的大個子姓賀。我有個想法，這老小子是麥奇里。」

「喔。」她說。

我把兩百五十元錢交給他。

「替你自己去買幾雙襪子，愛茜。」

「為什麼，唐諾？為——什麼——」

「這是外快，」我說：「替你自己買點襪子。」

「但是，唐諾，這也該進帳的。」

「進什麼帳？」

「公司的收入呀。」

「公司什麼收入？」

「別人付給你，你要用可以報開支。」

我搖搖頭，「這是外快，愛茜。你拿去買幾雙好的尼龍絲襪，穿了上班。在辦公室裡慷慨一點就可以了。」

她臉又紅了，「唐諾！」她說。

我把鈔票一直放在她面前，過了一陣，她收下了。

第五章　私家偵探社報告

九點四十五分我回到哥林達，在旅社一條半街外為車子找了一個停車地方，走回到旅社。我向夜班職員點點頭。

「你是賴先生嗎？」他問。

「是的。」

「有兩個留言在你鑰匙格子裡，請你等一下。」

「謝謝。」

他交給我兩個備忘錄。其中一個是八點鐘留下的，上面說：「賴先生，回來請即電告聯絡。賀卡德。」

另一件時間注著九點三十分，這樣寫著：「不論你什麼時候回來，一定要立即來看我。我會在辦公室等你。事關十分重要。請電六——三二三二，一定要聯絡。賀卡德。」

職員說：「留話的人像是緊張得很，賴先生。我答應他消息一定傳到，最後一個電話才來了不久。」

「你怎麼知道我就是賴先生？」我問。

「白班的職員說過你的外形。他交班的時候特別關照，你在等別人的電話。」

「謝謝你。」我告訴他。

我上樓到自己的房間，打賀先生給我的電話，沒有人應。

我打厲桃麗的電話，也沒有人應。

我下樓到大廳，對職員說：「我出去喝杯咖啡。再有電話來，就說我——半個小時回來。」

我走到我車子停車的地方，開車子到雅風天堂社區，花了八分鐘時間。

建築物的右翼，包括麥先生的辦公室，都在黑暗之中。中間的大接待室和左翼賀先生的辦公室燈光都亮著。

我把車停妥，走上階梯，走進接待室，嘴裡喊道：「唷嗬！有人在家嗎？」

全場一點聲音也沒有。

寂靜得有如在墳墓裡——辦公室裡所有的現代化設備，辦公桌、電動打字機、影印機、曬圖機、檔案櫃，都怪怪地放在那裡沒有生氣。被人拋棄了。所有的打字機都有塑膠罩子罩著，只有一台沒有罩子。遠遠的還可以看到開關鈕的小指示燈亮著，表示電流是通著的。

我通過低彈簧門，到接待室的後部，看這台打字機。我把手放在打字機馬達部位，是燙的，證明使用已相當多時間。

我走到賀卡德私人辦公室門口，敲門。

沒有回音。

我猶豫一下，把門打開。

辦公室內部被弄得亂七八糟。一張椅子翻轉摔破，社區混凝紙做的模型，整座被搗翻於地上。所有漂亮的塑膠小房子、汽車分散在辦公室各方向地上。有一些甚而被踩過變成粉碎，望出去可以看到路上的窗子打開著。夜晚的微風輕颺著廣告用的三角旗幟。

辦公桌所有抽屜都拉了開來，檔案櫃在抽屜都拉出來之後，連櫃子也翻了過來。一定是有人匆匆地在找什麼東西。

一個女人的皮包拋在地上，背帶已斷，金屬的框也已經扭曲，一個粉盒在地上打開著，兩個面扁了破了。粉盒裡的粉餅有部份碎了落在地上，鏡子的破片也分散在四周。

我撿起一塊破碎的粉餅，用手指把它捻成粉碎，放鼻子上聞聞，又看看顏色。粉是淺粉紅色，康乃馨香味。

地上，有一半被壓在社區立體模型底下的，是一隻女人的高跟鞋。

我把手指伸進模型底下，將模型抬起，把鞋子抽出來，以便觀察一下。這是一隻鱷魚皮鞋，製造的是鹽湖城一家鞋店。

這是一隻做工非常精巧，一看就知道很值錢，穿在腳上又秀氣又高貴的鞋子。

我走向翻倒的檔案櫃邊上，要看看地下一大堆紙，都是些什麼。

大部份抛在地上的紙，都是夾著黃色紙夾，從檔案櫃中一取出來就抛下地的。但是有很多是從紙夾裡拉出來，再抛掉，明明是有人有目的在找文件。再看看抛出來的文件，都是標單、合同和分期付款的收據，差不多都是印刷品。

一堆紙下有幾張紙，特別引起我的注意，是幾張極薄白紙，上面有紫色的打字帶字體，摺了兩摺成小方塊狀。

我對於這種紙太熟悉了。這是很多私家偵探社用來做對客戶報告的紙。

我趕快把壓在這張紙上和在它周圍的其他紙張撥開。正如我想像，另外還有兩張一樣的紙，一共三張紙用釘書釘在左上角上釘在一起。

報告內容是這樣的：

由於客戶一再嚴格規定不能使對象獲知有人在監視，而監視對象唯一的辦法是在走道上放置工作人員，不被發現或不被懷疑的機會微乎其微。因而本社最後決定設置作業員一方面監視公寓大門，並設置在可以看到她汽車的位置。

作業員發現另一位男子，也在監視她的汽車時，立即曾與貴客戶聯絡，貴客戶指示加派作業人員，對此人身分調查。

三點二十五分，對象屬桃麗離開公寓進入汽車，駕車至超級市場作每日之常規採購。

亦在監視桃麗汽車之男子跟蹤前往，把車擋住桃麗之車，使桃麗無法於採購後進入車輛。事後男子偽裝這輛車子不屬於他，替她以偷車短路方法發動解圍，顯為藉機搭訕，因而成功，搭桃麗汽車離開超級市場。

男子搭便車至主街與第十一街交叉口，突然自桃麗車上跳下逃逸。我們之作業員因單獨駕車無法下車追隨，失去聯絡，直至次一日，該男子再度出現才重新追查。

該男子自己短路自己引擎的汽車，是租自洛市大陸汽車出租公司，當時因缺乏權勢單位的協助，暫時無法查明租車人身分。

次日，該男子又尾隨桃麗去超級市場，故又再被本社作業員在後跟蹤。在市場內該男子故意於桃麗快到達付款口時與收款員搭訕。目的使桃麗先見到他，重又獲得邀請同車返桃麗公寓。本社作業人員成功發現該男子再次使用之車輛亦租自大陸汽車出租公司，又得權勢方面協助，偽稱該車車牌類似某車禍現場證人車而查得該租車男子身分。

該男子為賴唐諾，為柯賴二氏私家偵探社之資淺合夥人。

柯賴二氏偵探社於同行中皆以怪蛋名之。該社無固定作業方式，故亦無固定類型客戶。專以特殊方式，快速作業，突然進入案件，三、四天快速退出，自特殊角度獲取甚高的紅利或獎金。故自付稅立場觀看，該社近年經濟狀況十分良好。較奇怪的是客戶對其服務，於事後皆無怨言。

賴唐諾，據聞十分聰明，有幹勁。自警方及同業傳聞，絕對忠於職業道德，為爭僱主之利益，十分大膽，並且常用奇怪的方法，因而曾數度自己受警方誤會。

本社獲悉上情，為提示貴客戶另一偵探社已介入故即以長途電話作緊急報告。

目前。賴唐諾在目標公寓之內。

承貴客戶於獲知上情後，緊急通知撤消一切跟蹤，停止一切活動，並建議立即結賬，本案結束調查。

由於上述指示，本社將本案作業員召回洛杉磯，全案宣佈結束。

飛天私家偵探社，社長雲飛天。

於洛杉磯總社。

我從頭至尾看一遍這份報告，把它依原樣摺疊起來，放入口袋。我在跌落這份報告的附近地上找了一下，看不出這份報告是從哪一個牛皮紙夾裡掉出來的。

有一扇通洗手間的門半開著。我走過去，把它全開推向牆壁，正想走進去看看，聽到外面接待室有腳步聲。

我跑向窗口向外望，有一輛車緊停在我的車子後面。我不能看得太清楚，但一定是一輛發亮的大車。

我把窗簾推向一側，一腳跨出了窗子，跳到地上，開始走向我的車子，想想不對，改用全速跑去。

我跳進車子，發動引擎，盡可能輕聲，把車開動。

有人在大叫。

我可以看到一個男人的影子，背向著房裡明亮的燈光，站在我剛才逃出來的窗口裡面，是他在叫。

「嗨！你！」他叫道：「回來，不要逃。」

我踩足油門。

我眼角看到那男人，爬出窗來，經草地跑向他的車子。我正走完私家車道，右轉上路，加油。

我走了大概有半哩路，後照鏡裡才見到後車的燈光。

我使我的車發揮全部力量。

前面是幹道停車路口。我不能這樣高速轉彎而不發出輪胎的摩擦聲，所以我乾脆拚命一飛而過，沒有停車，沒有減速，假想這時候車子不會太多。車頭燈又照到另一個幹道停車口，這次是個真正的大道，我看得到有車輛自幹道上橫向在行走。我一面打高燈低燈信號，一面猛按喇叭還是通過了。

一輛左側來車，車頭燈照耀我眼睛，距離我的車最多不到三十呎，我險險擠過，自己一身冷汗，想來對方連出汗的時間都來不及，多半只夠時間嚇個半死。

這才給我爭取出一點時間，在原地作了一個迴轉，慢慢把車轉向來的方向。

我在幹道停車口停車，追蹤我的車也在不顧危險地經過幹道交叉口，從我車旁掠過。

駕車的人專心於向前，連幹道上直角的來車他都顧不到了。對我的車子，除了車頭燈光之外，什麼也沒注意。

我把車轉入幹道繁忙的車陣，找到去洛杉磯的主要公路，在第一個加油站停下，走進電話亭，打白莎的公寓找柯白莎。

白莎的聲音是在生氣，「你在搞什麼？」她問：「為什麼不和我聯絡報告進度？我們的客戶在懷疑你有沒有進展。我只好使用老辦法搪塞——進展太多太快了，暫時來不及書面報告。」

「不要緊。」我說：「妳不是搪塞。我是在辦案，進展太多，也太快了，我來不及做書面報告。我現在馬上要跟你談談。」

「談什麼？」

「談進展。」

「我已經上床了。」

「那就起來呀！」我告訴她：「這樣早，你也本來不該睡的。」

「去你的，賴唐諾！」她在電話中叫道：「你知道我上床早，要在床上看書看到睡著。我——」

「起床看，」我說：「我半個小時內來看你。」

第六章　兩家偵探社

柯白莎在我一按鈴的時候，就把公寓門打開了。她穿著睡衣，頭上都是髮鬈，她在生氣。

「現在你給我好好說，發生什麼事了？」我一進公寓，正向椅子上坐下去的時候，她就開口了：「你為什麼，不像一般的作業員，坐下來，打張書面報告，放我桌上，第二天我可以給我們的客戶看？

「再不然，你懶得打字。你可以錄音叫秘書打字。你那個看見你眼睛就會凸出來的秘書，她一定非常歡迎你半夜到她公寓去，為什麼不給她一個機會叫她聽寫下來？那女秘書整天這樣看你，看多了，總有一天眼睛會掉下來——」

我打斷她說：「這件事寫在紙上太危險了，白莎。」

「有什麼危險？」

「我暴露身分了。」

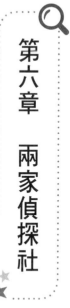

「怎麼會？」

「飛天私家偵探社。」我說。

「他們來我們的案子裡湊什麼熱鬧？」

「不是他們到我們的案子裡來湊熱鬧。他們有他們自己的案子。他們受僱監視厲桃麗，報告她所做的一切。

「所以，我出現在他們案子裡，去監視桃麗的車子時，飛天偵探社的人見到了我，向他們的僱主用長途電話報告。」

「僱主在這裡嗎？」柯白莎問，她的眼睛瞇起來看我。

「我只說用長途電話報告，白莎。現在都是直撥的，沒有辦法追問。你自己看這個。」

我把飛天偵探社的報告給白莎看。

「他奶奶的。」白莎看完後說：「唐諾，你看會不會，盧騋夢另外還請了個偵探社也在辦這件事——你再想想，會嗎？」

我把發生的一切，一五一十全告訴了她。

「盧騋夢一定是在騙我們。」

「否則飛天偵探社也不會參與呀。」我也同意她的想法。

柯白莎貪婪的小眼煽呀煽的煽了幾下，說道：「對了！一定是這樣的。那個狗娘養的同時請了兩個私家偵探社，飛天和我們，讓我們來競爭。他先請了飛天，好幾天也沒有結果，然後一定是什麼人對統一保險公司說了，說你對女人多有辦法，當然也說到我們偵探社。這可以解釋，為什麼你一和桃麗搭上線，盧騄夢立即把飛天偵探社休了。」

「不管是什麼理由，」我告訴她：「我們一定要和盧騄夢攤一次牌。我不喜歡別人把我們當傻瓜看，也不喜歡不對我們說實情的客戶。

「我們要把盧騄夢請到辦公室來，好好給他點教訓。」

白莎說：「對。唐諾。這是原則問題。」

突然她又開始煽她的小眼。「等一下，唐諾。我們除了那一份飛天偵探社報告之外，沒有什麼證據可以支持我們對他的責難。然後盧騄夢又會問我們，這一份東西怎麼會到我們手裡的，然後——」

「不要告訴他我們怎麼知道的。」我說：「讓他去奇怪。」

白莎把我這句話想了一下，突然笑容繚繞上她的臉。

「我真想看看這狗娘養的臉，唐諾。他以為聰明，用一個偵探社來玩另一個。他已經請了飛天的人，要他們去搭線搭不上。我們隨便一下子就搭上了線，然後我們再告訴他，連他以前請過什麼人家我們都知道了，看他怎麼說。」

「不錯，」我告訴白莎：「下一個問題，這份報告從哪裡來的？」

「你告訴過我賀卡德辦公室來的。」

「沒錯，但是賀卡德哪裡來的呢？」

「他——他奶奶的！」白莎自己把嘴巴閉了起來。

「他從個女人那裡得來的，」我說：「女的到辦公室來給他的。不久之後，又有人進辦公室，大打出手。賀卡德和女人參與在其中，再不然後來打架的帶來個女人參與其中。」

「你怎麼知道？」

我把女鞋的事告訴她。

「她一定會回去拿這隻鞋子的。」白莎說：「女人一隻腳高跟鞋，另一隻光腳板，不可能走路的。」

「也許她把另一腳也踢掉了。」我說：「穿著絲襪在跑。」

「一定是這樣的。」白莎說：「假如她認為回去拿鞋子會有危險的話。你說打了一仗，什麼人贏了？」

「攻進來的贏。」

「怎麼知道？」

「因為他翻箱倒櫃，只差沒有把房子拆了，找什麼東西？」

「這份報告？」白莎問。

「絕對不是。」我說：「這份報告是留在那裡的，還很有可能是侵入進去的人帶去的。」

「從什麼推理到的呢？」

我說：「侵入的人進入辦公室，他和賀卡德談話。他從口袋裡拿出這份報告，讓賀卡德看，也許因此引起爭吵，進而打架。辦公室裡破壞得滿厲害的，女人也參與其中，因為她用皮包打什麼人的頭，連金屬框架都打彎了，皮包裡的東西都散得一地。

「因為皮包反正關不起來不能用了，她走的時候就乾脆不帶走了。女人皮包裡不應該只有這一點東西，我想她撿幾樣捨不得丟的用毛巾包起來走了。」

「為什麼用毛巾？」

「辦公室裡有一個私人用洗手間，毛巾架上沒有毛巾，地上倒有一塊拖下的毛巾，就在可以掛兩塊毛巾架的下方，而且不在正中。」

「即使如此，」白莎說：「這件事牽不到我們頭上來呀！」

「可說不定。」我說：「有些事使我想不通。」

「你在擔心什麼？」

「我在裡面的時候，後來一個男人開車過來，進入辦公室。他可能是夜班守夜的，也可能是警察，我無從得知。我從窗裡跳出來，開車猛逃。他拚命追趕，差一點被捉住。」

「但是，你還是跑掉了。」

「假如他看到了車牌號碼。」我說：「我這次可是用我們公司車，車子是登記我們公司名字的。」

「你為什麼這樣做？」白莎說：「老天！要是那個人——」

「我在盡量省錢呀！」我說。

白莎生氣地噘著嘴怒目看著我。

我兩手一攤向她斜頭露齒。

過了一下，白莎說：「這一類事情，我們是不是必須要報警呀，唐諾？」

「哪一類事情？」

「有人闖入別人辦公室，而且——」

「你怎麼知道是闖入的？」我說：「辦公室門口開著，這是一個接見人的地方，也許是賀先生請他進去的。」

「但是那個地方被人摧毀了，文件被人偷走了，而——」

「你怎麼知道文件被人偷走了？」我問她：「有人在檔案裡找東西，只是不夠小心，手腳邋遢一點。他只是抽屜抽出來之後沒有放回去，他只是先把櫃子上面的抽屜拖了出來，所以拉最上一個抽屜時，櫃子失去平衡，倒了下來，如此而已。我們並不知道，裡面掉了東西。」

白莎又想想。

「換句話說，我們並不知道那邊出了刑事案子。」我說：「沒有刑案，我們報告什麼？」

「你是個頂聰明的鬼小子。」白莎說：「我是不敢在薄冰上走來走去的。你認為過得去，你搞你的。我不管。」

「問題是我急著想知道賀卡德現在如何了。」我說。

「為什麼？」

「他有沒有等到入侵的人走了之後，再——」

「不要叫後來的是入侵的人，」白莎說：「說是來訪的人，我覺得你的想法很對。這是一個公共場所，可能是賀卡德自己請他進來，準備賣塊地給他的。」

「好吧！」我說：「那個來訪的人走了之後賀卡德才走，還是——」

「當然他是後來走的。」白莎說：「他的車子不在。你說過你才到的時候，外面一輛車也沒有。」

我點點頭。

「他當然不可能走著來回的。」白莎說：「他開車去，來訪的不論是什麼人，開車走後，他也開車走了。」

「在他打電話給我之前，還是之後？」我問。

「可能是之前。」白莎說。

「希望如此。」我告訴她。

「你另有高見？」

「不知道，白莎。因為他們知道我是什麼人，所以這件事有些不妥當。我認為我們必須打電話給盧騋夢，你有夜間找得到他的電話號碼嗎？」

「怎麼會有！」白莎說：「他根本沒有想到晚上我們會找他。這件事表面上是件常規工作，他給我一個私用電話號碼，但我並不認為——」

「唐諾，真要叫老天了。我不知道你哪根筋不對，每次你出動去辦常規的案子，案子會炸開來發生緊急情況，弄得不好又竄出一具屍體來，甚至兩具！」

「讓我們希望這次沒有。」我說。

「什麼意思？」

「這一次要竄出來一具的話。」我告訴她：「對我們可大大不利。」

白莎搧動她小眼說：「別開玩笑，你在說什麼？」

「我在說假如那邊變出一個死人來，我們的處境如何？」

「死人會是誰呢？」

「賀先生。」

「別說笑了。」

「可不是說笑。」

白莎又搧著她的小眼，「他奶奶的！」她說。

房間裡兩個人在想心事，都沒吭聲，然後白莎說：「等一下，你在說的只是假如有人看到你車牌，如何，如何。指紋怎麼樣？你匆忙離開，你沒有時間——」

「我的指紋留得滿房間都是，」我說：「不要急，我會處理的。」

「處理？怎麼處理？你又不能回去把所有指紋擦掉。你甚至早就忘了哪些地方留下了指紋，擦得完嗎？」

「當然擦不完，」我告訴她：「但是我可以回去，再多留一些指紋。」

「怎麼說？」

「偵探小說看多的人都知道這個老方法。」我告訴她：「犯罪現場的指紋，假如你沒有把握擦拭乾淨的話，找個理由，帶個證人，回到現場，見到什麼摸什麼。警察的指紋專家沒有辦法分辨指紋是什麼時候留下的。今天這件案子唯一會有時間因素差別的，是現場有塊粉盒裡的粉餅。我摸了粉餅又去摸了東西。我第二次再進去的時候，要提醒自己不要忘了重複這一手。」

「第二次什麼時候進去呢？」

「現在就去。」我告訴她：「你也不要空著，想辦法找到盧騄夢。這傢伙家裡不可能沒有電話。保險公司也許有人留守，他們既然有個調查部門，那一定有夜間轉線的人。找到盧騄夢，告訴他目前情況。

「這一份飛天偵探社的報告，我一定要放在你這裡了。給人看到在我身上大不方便。報告裡另外還有一條線索。你看，第二頁有部份已經撕去，但是有一部份經費報銷清單上列著長途電話費一元九角。女人留下的鞋子是鹽湖城製的。我有個感覺，長途電話是打到鹽湖城客戶家去的。那位飛天公司的女客戶知道了我也是個私家偵探後，爬上第一班班機，就回到這裡來了。」

「女客戶？」白莎問。

「那隻鞋子，不要忘了。」我說。

「喔，」她說：「你太一廂情願了。我還是認為是盧騄夢。」

「我認為是在鹽湖城的一個女人。」我說：「無論如何，盧騄夢應該知道這件事目前的發展了。」

白莎說：「該死，我才把自己舒服一下，我才脫去我的束腰，現在又要把自己綁進去。我真希望你辦案也和別的人一樣。沒有理由我們不能用正常的客戶、接正常的案子、用正常的工作方法、建立正常的信譽。我們——」

「我們現在有正常的客戶。」我告訴她：「這不就是你昨天早上告訴我的正常客戶嗎？」

「你又來了，事實上我也不認為昨天我的想法是對的。」白莎說：「他根本不應該請了一家偵探社給他辦事，又再請另一家——這狗娘養的，我不會饒了他的。」

「好吧，把他交給你。」我告訴她：「不要饒他。」

我走向白莎的電話，撥查號台說：「要住在哥林達陸洛璘的電話。」

查號台說：「請等一下，」過了一下又說：「是三二四——九二四三，你可以在家裡直接撥。」

「謝謝。」我說，我撥那個號碼，過不多久，陸洛璘好聽有效的聲音說道：「喂。」

「洛璘，」我說：「是賴唐諾。」

「喔，是的，唐諾。」

我說：「我一定要今天晚上見你，有一件極重要的事。」

「喔！唐諾，」她說：「我給你說明一下，今天下午我給你說的話，你別介意，是開玩笑的。」

「哪句話是開玩笑的？」我幼稚地問。

「我說過——『說不定我還可以給你點東西——』那一句，唐諾，現在已經很晚了。我已經睡了……我更不喜歡男人半夜三更神經病來了，要——」

「我打電話是為公事，」我說：「這是一件有關你和你老闆非常非常重要的事。」

「能等到明天上班嗎？」

「不能。」

「你要幹什麼？」

「我要和你談談。」

「好吧，」她說：「相信你一次。不過話要先給你說明，唐諾。假如你是用這個藉口，想要做其他發展，你完全在浪費時間。我不喜歡別人用公事當藉口想接近我，假如你有這意思，現在退出還來得及——」

「洛璘，的確是公事，」我告訴她：「否則我不會打擾你的。」

「唐諾，這可不是讚美呀！」

「我是說不會在這個時候打擾你的。我真希望早一點時間我能打電話給你。」

「是呀！為什麼沒有？」

「我正在忙。」

「你進步很快，唐諾。」她說：「我實在是正想上床。我等你好了，你知道地址嗎？」

「不知道。」

「米拉瑪公寓，二一二號。」

「我會來。」

「要多久？」

「恐怕要半個小時以後，我在洛杉磯市區。」

「我等。」

我掛上電話，看到白莎沉思的眼神正注視著我。她問：「這女人是誰？」

「陸洛璘，」我說：「她是賀卡德和麥奇里的秘書，新社區方面的。」

白莎搖搖頭，「你小子真會鑽。」她說。

「公司付我錢，就是為這個，是嗎？」

「大腿？」白莎冷淡地問。

這個問題回答也沒有意思，所以我走出她公寓，順手替她把門帶上。

第七章　醞釀不尋常的大事

陸洛璘在我一按鈴的時候，就把門打開了。她穿了整齊的衣服，全身公事化。

「哈囉，唐諾。有什麼要緊事？」

我說：「這一個米拉瑪公寓，是不是所有哥林達的人都住在這裡的？」

「當然不是，為什麼？」

「我知道另外幾個人，都住這裡。」

「什麼人？」

「喔！不是什麼要人，」我說：「我是奇怪為什麼我認識的人不多。而每個人都住這裡。」

「這是哥林達最出名的單身工作女郎公寓。」她說：「新建，現代化，服務良好。冬天有暖氣，不是半吊子，真的很暖。夏天中央空調，租金很平民化。想要在這裡租到房子可不簡單，排了隊還有人在等。唐諾，有什麼事不妥，為什麼不先坐下來？」

我找張椅子自己坐下。她在房間的另一面坐下，兩膝合攏，裙襬在膝蓋以下。

我說：「我必須今晚見到賀先生，而且希望你在場。」

「你要我在場！」她生氣地說：「假如賀先生要我在場——」

「不要慌，」我告訴她：「這是一件十分重要的事。」

「對誰重要？對你，還是對我們？」

「對所有人。」

「是什麼事？」

我說：「那件車禍。你想賀先生會不會在說謊？」

她說：「首先要告訴你，賀先生從不說謊。再說，他也不必說謊。他並沒有反駁你說的事實。」

「但是，」我說：「我有理由相信有家偵探社插足在裡面。」

她大笑說：「當然，當然，你傻瓜。保險公司最終要付錢給那個受傷的女人，他們當然要知道她受傷到什麼程度。噢，知道了，你就是在說她。她也是住在這米拉瑪公寓的，是嗎？不過她現在不在這裡了。」

「我覺得這件事背後在醞釀著什麼不尋常的大事，所以我有些怕了。」我說。

「你怎麼會有這種想法？又為什麼找我呢？」

我從口袋中拿出另外一份我從報上剪下的懸賞廣告，說道：「我想這是你們玩的把戲。」

「什麼把戲？」

「懸賞兩百五十元，給任何見到車禍的證人。」

她沒有等到我站起來把剪報送過去，逕自站起身來，走過我們間的距離，從我手上拿過剪報。她攫過這份資料，仔細看一下，又看向我。

「我們沒有刊登這份廣告，唐諾。至少，我對這件事一點也不知道。」

我說：「我的車在樓下，我們一起去見賀先生。」

「我一定要先找到他才行。」她說：「我有他好幾處晚上的聯絡電話號。」

我說：「他是在新社區辦公室。」

「你怎麼知道？」

「我來的時候開車經過那裡，所有燈都亮著。我本想進去告訴他請他等一下，說我來接了你就去看他。然後我想，接你最多也不過十分十五分鐘，而——」

「他還是可能已經離開那裡了。你應該先進去告訴他等我們。你稍等，我打個電話試試。」

「不必了。」我看著錶說：「沒時間了。我們立即走，我保證他是在那裡的。」

這句話又引起了她的疑慮，「唐諾，」她說：「你是另有目的的。你想把我弄到那冷冷清清的地方，為什麼，你說！」

「人格保證，絕對沒有半點歪念頭，我們走吧！」

她把公寓燈熄掉，說道：「已經相信你一次了，就再相信你一次。你記住，沒有人能佔我便宜的。」

我們下樓，進了我的車，由我不出聲開車。我看到她不斷地在觀察我，終於她自覺有趣地說：「有意思得很。」

「什麼事有意思？」我問。

「上次我送你過來的時候，」她說：「你在看我，研究肚子裡在想什麼鬼。」

「現在呢？」我問。

「現在，」她說：「你在開車，你在研究到了那裡怎樣圓這個場。」

「這段時間內，我做了不少工作。」

「我相信是的，但是，你要是認為你能詐賀先生兩百五十元錢，那是門也沒有。他根本不知道這件廣告，他也不可能付你一毛錢。」

「我不是要錢，一毛錢也不要。」我說。

她搖她的頭：「我倒真想知道你為什麼？你在玩花樣……我第一眼見到你就覺得你不錯，我現在對你還是印象很好。」

「謝謝你。」

「不必謝我。」她說：「我這個人倔得很。我對男人只有喜歡和不喜歡兩種。我第一眼看到之後就下結論，很少改變。我現在還喜歡你，不過我會對你小心，我不敲鑼，你不准跳。」

「合理，就這樣說定。」我告訴她。

我們又都不說話。

我從大路轉下，她看到新社區大房子燈亮著。

「嘿，」她說：「真想不到。」

「你以為不可能的？」

「老實說，我認為你騙我。我認為這裡燈一定是熄了。你會建議我們進入黑暗的辦公室，從裡面打電話找賀先生。」

「我說過這裡燈亮著，我進哥林達前親眼看到的。」

「嗳，不對呀。」她說：「沒有汽車在這裡。」

「燈亮著。」我說：「一定是有人在。」

「我不懂，」她說：「不論誰在裡面，沒車子怎麼來的？」

「但是，最後一個走的，一定會關燈的是嗎？」

「那是一定的。」

「所以，他一定在裡面。」

我把車開進新社區私用車道，繞半圓車道停到辦公室門口，注意著大概停在傍晚停車一樣的地方。

洛璘很快自車中跳下，快步走向接待室的門。

她推開門，走進去，環視了一圈，突然停步，「什麼人在用我的打字機？」她問。

「有什麼不對嗎？」我問。

「那電動打字機，」她說：「罩子拿掉了，馬達在轉。」

她走過去，把手按在機器上。我趕快把我手放到差不多上次放上去的位置說：「馬達轉了很久，還是燙的。下午你下班的時候忘了關吧？」

「瞎說。」她說：「有人來過，用過這台打字機。」

她轉身，直衝賀卡德私人辦公室門口，伸手握住門把，停住，正經地敲敲門，打開門走進去。

我緊跟在她後面。

「喔，老天！」她說。

我們站在門口觀看一團糟的裡面。我說：「這裡有一個打破的粉盒——這是什麼，噢，是掉出來的粉餅。」

我撿起破碎粉餅的一小塊。

「是的，是粉盒掉出來的粉餅。」

她拿起我放在手裡的碎片，看了一下，思索著說道：「可能是個金髮碧睛的。」

我移向高跟鞋：「這裡有隻女人鞋子，怎麼只有一隻？」

我把鞋子撿起來，交給她看。

「可能是什麼女人想找件臨時武器。」她說：「這武器對女人正稱手。」

「強暴？」我問。

「不可能是賀卡德。」

「會不會是麥奇里？」

「你對麥奇里知道多少？」

「你呢？」

「我不知道他的習慣，假如你是指這件事。」

我說：「一切證明這裡曾經發生一場大戰，一定是有人從窗裡進來。」

「為什麼從窗裡進來？」

「窗開著。」

「為什麼不可以是窗裡出去的呢？」

「當然，我沒有想到。」我說：「我們來看一下。」

我坐在窗檻上，轉身，把雙腳跳落窗外地下，等在外面，等到她彎身看地上散落著的文件。

我笨手笨腳地爬進來說：「真可能有人從這裡出去。但是為什麼呢？」

「我去問誰？」洛璘說：「我只希望知道這裡出了什麼事？賀先生哪裡去了？」

「還有那個女人。」我說。

「假如她被打敗了，」洛璘說：「結果當然猜得出來。無論如何，她反正已經不在這裡了。」

「掉了什麼文件嗎？」我問。

「我就在看哪。」她說：「我特別在看一件東西。」

「是什麼？」我問，走向洗手間。

她不說話，不斷在地上文件裡找，找到一個黃色馬尼拉封套，那種背面有兩個白圓紙圈，一根白繩可以把封套封起來的那一種。

她打開封蓋，向裡面看著，把封套交給我。「你看看。」她說。

「但是，裡面是空的呀！」我告訴她。

「看看封套外面。」

我看封套外面，女性的筆跡寫著：「賴唐諾自白——有關賀先生車禍證詞。」

「就是這個不見了。」她說。

洛璘走向電話。

「等一下。」我說。

她停住看我。

「你要做什麼？」我問。

「報警。」

「為什麼？」我說。

「為什麼！」她叫道：「上帝，看看被破壞得成什麼樣了！」

「好，」我說：「掉了什麼？」

「我告訴你了，你的自白。」

「我可以再給你一份。」

「你是什麼意思？」

我說：「就你所知，目前沒有什麼值錢的東西被拿走。這地方被人弄亂了，椅子被摔破了，所有文件被拋地上了。你一報警，他們來一大批人查指紋，新聞記者來了，又是不少宣傳。你是替賀麥公司工作的，你認為他們要這樣的宣傳嗎？」

「我不知道。」

「我們先弄弄清楚，再決定該怎麼做。」

她想了想說：「唐諾，你可能分析得很對，還有什麼建議嗎？」

我說：「我們先研究一下，什麼人那麼急於想要那張自白書，不惜把這裡弄成這樣？另外是什麼人在這裡打架？」

「我不知道。」

我說：「只有賀先生的辦公室，有打鬥。」

她說：「很明顯如此。」

我說：「打鬥的定義是兩個人有不同的意見，為了堅持自己的立場，發生了暴力的結果。」

「說下去。」她說。

「相當容易推理的，打鬥的兩個人中，有一個一定是賀卡德本人，這裡是他的私人辦公室。外來的人進來的時候，他在裡面。再不然，外來的人在找東西，他進來了。賀卡德自己認為報警不太合適。所以，我們不應該報警。」

「這件事你已經說過，我現在同意了。」

我說：「我想找出來他們為什麼打架，我的自白又有什麼重要值得偷竊。」

她說：「唐諾，我告訴你一件我從來沒有告訴過別人的事。但是我先要問你一個問題，而且我希望你坦白回答。」

「好吧，你問好了。」

「唐諾，這件車禍，你真是那樣確定嗎？」

「當然，怎麼啦？」我說：「八月十三日。」

「什麼時間？」

「大概是下午三點三十分，上下不差幾分鐘。」

「時間不會有問題嗎？」

我看著她的臉。「我——我可能有一點錯誤。但是，你知道，做這種將來要打官司的自白，是不能模稜兩可的，更不能說可能不對的。否則律師會把你叫上證人席，把你撕成粉碎的。」

她點點頭。

我問：「時間有什麼問題？」

她說：「有點不對。」

「你怎麼知道？」

她說：「八月十三有一個同事生日，我記得那一天。辦公室在那天下午，有個小小的派對，大家吃個蛋糕，喝點雞尾酒。

「賀先生那天下午的確不在辦公室，但是四點剛過幾分鐘，他趕回來參與了幾分鐘，喝了幾杯酒，又匆匆出去。他一直在看錶，一定是有個約會。

「現在，你注意了。我在四點半的時候親自見他開車離開。那個時候，他的車沒有破損。」

「你說那車禍是假的？」我問：「那車子沒有撞壞，但──」

「不是，不是，」她說：「只是時間有問題。再說，唐諾，你一再說看到了車禍，我想知道你會不會看錯？」

「我可能弄錯的。」我告訴她。

「謝謝你，我就是要知道這一點。」

我說：「我們最好把窗關上，把燈熄了。」

「還要把門鎖了。」

我點點頭。

「只好這樣了。」她又走了兩步，環視一下辦公室，說道：「真是一團糟。」

「不必今晚整理的。」我說：「假如賀先生決定報警，我們最好不要破壞現場。」

「這倒是真的。」

我說：「另外一面的辦公室怎麼樣了？都是暗的。」

「那是麥先生的私人辦公室。」

「我們最好看它一眼。要不要？」

「同意。」

「你有鑰匙？」

「外辦公室保險櫃裡有一個備用的。」

「你能開保險櫃？」

「當然。」

「我們來看一下，最好沒有事。保險櫃倒是沒破壞。」

我們走出賀先生私人辦公室，她站在她打字機前面，蹙著眉，「我就是百思不解。」她說：「什麼人會來用我的打字機？」

「賀先生會打字嗎？」我問。

「兩個手指，小雞吃米。」

「一定是會打字的用來打什麼，或是賀先生在打文件。」

「我想不到還有什麼人會打字。」

「有隻女人的鞋子。」我提醒她。

她點點頭。

我說：「另外還有一種可能，賀和女的一起進來。他可能要賣一塊地給她，她會打字。不管怎麼樣，交易是做成了，她想要一個書面的證明。賀先生問她會不會打字，她說會，賀先生叫她用你的打字機。」

洛璘說：「你很能推理。到目前為止說得通，說下去。」

我說：「他指妳的打字機給他看，她拿掉罩子，通上電流，把紙捲進去，開始打字。」

「之後呢？」

「之後，」我說：「她把文件打好，拿進賀先生辦公室請他簽字。這時來了一個人，開始和賀卡德爭吵，爭吵的結果變成了打架。女人脫下一隻鞋子當作武器，要打那人的頭。」

洛璘皺起眉頭，搖她的頭。

「什麼地方不對？」我問。

「打架誰贏了？」她說。

「很明顯，是另外一個人。」我說。

「算你對，那麼賀先生和那個女的怎麼樣了？」

「那是我們必須要找出來的事。」我說：「那個男的得到了他要的東西，辦公室裡剩下賀卡德和女人。他決定在他報警之前，他先要去什麼地方，女的跟他走了。」

「好，」她說：「再深入一步看看。照你說法，打架為的是你的自白書？」

「至少和自白書是有關係的，但是我不相信這個人翻箱倒櫃為的是自白書。」

「但是，這是知道已經丟掉了的東西。」

我說：「換一個方向看看……女的進來，賀先生要做件與自白書有關的事，也許是要一份副本。他走向檔案櫃，把自白書從封套裡拿出來，女的拿到外面來開始打字，這——」

洛璘把手指一搓，爆出一聲來。

「說對什麼了？」我問。

「一定是這樣的。」她說：「他們是在弄你的自白書。」

「那麼自白書不是這裡事故的重要原因，」我說：「自白書不見了，也許是賀先生和女的帶走了，進來的人找的是別的東西。」

「進來的人，」她說：「竟然會有那麼多時間來搜索，一定是打架打贏了。」

「那是一定的。」我說。

「先不管這一點，」她說：「我們先來看看麥先生辦公室。假如沒有事，我們就把這地方鎖上，去找賀先生。唐諾，你還能陪我一下嗎？」

「不能太久。」我說。

她問：「你為什麼急著要見賀先生？」

我說：「老實說，我也在耽心時間因素。剛才你一說，我更不能確定了，我想可能還要晚一點。我要向他問問清楚。」

她說：「時間的確錯了，但是車禍是有的，因為後來我見到他的車。」

「什麼時候？」

「在車廠裡等修理，差不多留在廠裡——有一個禮拜。他們要等新水箱和車頭的一些零件。」

「他什麼時候告訴你出了車禍了？十四號？」

她說：「他只是輕描淡寫地說了一下，他根本沒有太在意。他寫封信給保險公司報告車禍，我建議他還要通知警察。那是十四號——沒有錯。」

我說：「我實在不好意思自認錯誤。我是因為班鐸雷告訴我，依據警方報告，車禍發生在三點三十分，才自以為是三點三十分的。」

「班鐸雷是什麼人，唐諾？」她問。

「他是我遇到一個女人的男朋友。」

「你對她知道有多少呢？」

「只見過兩次。」

「有沒有準備繼續交往？」

「也許。」

「深交？」

「要看情況。」我說。

「是不是厲桃麗？」

「是的。」

「班鐸雷是她的男朋友？」

「我想是的，你為什麼這樣問？」

「因為，」她說：「班鐸雷來找過賀先生。賀先生不讓我知道他們談話的內容。通常他在辦公室接見的人，他都會告訴我是什麼人、談什麼內容，把他對他們印象說給我聽。這樣他們下次打電話來的時候，我可以知道如何應付。但是這位班鐸雷——賀先生什麼也沒提起，當然我就什麼也不去問他。」

「好，」我說：「我們去看著麥先生辦公室，然後去找賀先生。」

她打開保險櫃，拿出一把鑰匙。我們走進麥先生的私人辦公室，用鑰匙打開門，把燈光打開。

辦公室裡很整潔，井然有序。

「這裡沒有人進來過。」她說。

她站在門口，沉思了一下，把燈關掉，把門拉上。

彈簧門鎖「咔啦」一聲鎖上。

她走向保險櫃，把鑰匙放回去，把櫃門鎖起，把號碼盤轉一下，走向打字機，關掉開關，把塑膠罩罩回去。

然後她走進賀卡德辦公室。把窗戶關上，扣住，把燈光關掉。我們走出來，把外間的燈也關了。用我的車，由我駕駛，她帶路，開向賀卡德住的公寓。

沒人應門，裡面沒有燈光。

我們兩個去了好幾處他參加的俱樂都，都是他常去消磨夜晚時間的。但是都沒有他的蹤跡。

陸洛璘說：「奇怪，這些地方沒有，我真的不知道他會去哪裡了。現在相當晚了，我看我們只好睡一覺，明天一早看看有什麼再說了。」

我看向她，她的臉色有點太像講真話了。我就知道她不會真上床去睡覺，一定是要把我遣開，她可以另去別的地方找他。她不要別人知道那個地方。她是個好秘書。

我將計就計把她送回公寓，說了再見，開車離開。

我沿馬路兜了一圈，回到原地，停了不到兩分鐘，一輛車從停車場倏地迅速開出。

我自後跟上，在下一個有燈光的交叉路口，我看清了是陸洛璘在開車，車裡只有她一個人。

我沒有去追蹤，我回我的白京旅社。

有一個備忘錄在等我，要我再晚回來，也要和厲桃麗聯絡。

我照上面電話號碼打電話，過不久桃麗的聲音傳過來。「哈囉。」她小心，不作正面回答地應著。

「有什麼大事？」我問。

「唐諾！」她聽出我的聲音，叫道：「我以為你會留在旅社裡等著我們和你聯絡的。」

「你不知道。」我說：「出了點小插曲，我會以後告訴妳的。你有什麼困難？為什麼找我？」

「我以為你今天會和我聯絡的。現在太晚了。」

「什麼太晚了？」

「給別人看起來太晚了。」

「我們是專給別人看的嗎？」

「我要注意呀，我住的是公寓，人雜，不是嗎？」

「為什麼不搬家？」

她大笑著道：「老實說，唐諾，我很想見見你。」

「可以呀！」我說。

「什麼時候？」她問。

「今晚？」

「太晚了，唐諾。他們把外面大門鎖了。」

「明天如何？」

「可以，幾點鐘？」

我說：「越早越好。我今天晚上找過你，沒有人聽電話。」

「你給過我電話？」

「是的。」

「只有一次？」

「是的。」

「什麼時候？」

「時間我不能確定，正是你認為別人不會看來太晚的時間。」

「喔，唐諾。那大概正是我下樓去買包菸的時候！喔，我真抱歉。我一直在……等你電話。我想一個女孩子家不該說這種話——但是人總該為自己活著，是嗎？」

「對，要我現在來看你？」

「不，今晚太晚了，我一定得睡了。」她說。

「好，明天，一早。」我說。

她猶豫了一下，然後說：「我明天要去機場接個朋友，你和我一起開車去機場吧！」

「妳的朋友，有的時候我吃不消，」我說：「我的頭還在痛呢！」

「這件事，」她說：「我也還在生他的氣。你該相信，他也知道。這次不會，不是個男人朋友，是個女朋友。說真的，我不該讓你見到她的，她是個真正的美女。金髮美女外加一流身材。她去東部很久，明天回來，要我接她。」

「我認識她嗎？」我問。

「我想不會。」她說：「我想你有聽到過她。她是戴薇薇——你知道，那個車禍案裡受傷的女人。」

「噢，是的。」我盡可能隨便地應一聲，「那個十三日我見到的車禍。」

「是的。」

我說：「桃麗，對這個車禍的時間我現在有點懷疑，你的朋友給我的時間可能靠不住，我認為那件車禍應該是一小時半以後——」

「唐諾，不能聽別人亂說。車禍是三點三十分。」

「你怎麼知道？」

「我和另外一個朋友，在四點鐘的時候見過薇薇的車子，可以看到後尾的凹痕，意外後她是立即來這裡的。」

「時間不會錯嗎？」我問。

「不會錯。」

我說：「好，桃麗。你要我幾點來接你？我們一起吃早餐。再開車去機場。」

「好呀，飛機要十點三刻才落地。你八點三十分來公寓接我。唐諾，我先把咖啡準備好。我們在家裡喝咖啡，到了機場，在機場吃早餐等飛機。」

「就這樣說定。」我告訴她：「今晚見你真的太晚了嗎？」

「是的，唐諾。」

「那只好明天見了。」我說，掛上電話。

我掛電話給柯白莎。

「白莎，是唐諾。」我說：「有什麼消息？」

「你在哪裡？」

「哥林達，白京旅社。」

「我找到一個盧騄夢晚上的電話。」她說：「我自己出馬過去看他了。那傢伙也吃驚得目瞪口呆，他完全不知道另外有家偵探社也在工作。他賭咒沒有另外請私家偵探來對付我們，他對我們是規規矩矩的。

「他倒滿關心的，一再請你要小心。他說案子裡有些蹊蹺他不能理解。」

我說：「實在是真有此一說。」

「駴夢告訴我，就是因為他感覺到案子裡有什麼不尋常的事，所以他才來找我們。」

「你怎麼對他說？」我問。

「我對他說了一大堆。」白莎恨恨地說：「我告訴他，既然他早看出這案子在背後有什麼不對勁，他第一次來看我們就是騙了我們，至少在約定價格的時候就有了出入。我告訴他，他應該多付我們一點費用。」

「他怎麼說？」

「他眼睛都沒有眨一下，」白莎說：「又給我一千元，說是拿來補償我們——他第一次沒有完全把話講出來的損失。」

「他那麼爽快就拿出來了？」我問。

「那麼爽快！」白莎生氣地說：「你該聽聽我對那狗娘養的說了些什麼。我告訴你了，是白莎出馬去看他。我進城了。」

「他有沒有問你，你怎麼知道另外有一個偵探社也在工作？」

「我告訴他，我們看到報告了。」白莎說。

「他一定會問你，你怎麼會看到的囉？」

「當然。」

「你怎麼告訴他？」

「我告訴他，這與他無關，我們不必把工作方法向客戶解釋，我們只把結果給客戶。我們提供消息，消息來源是可以保密的。」

「白莎。」我告訴她：「原則上今天晚上我應該在哥林達過夜的，不過告訴你沒關係，我要溜回洛杉磯，在自己公寓好好睡一晚。」

「你沒想到會弄到那麼晚嗎？」

「我有想到會耽擱些時間。」我說：「沒想到花費時間那麼多。我今晚上決心好好睡，我有個不祥的預感，可能今晚上睡過之後，會好一段時間不得安眠呢！」

「烏鴉嘴，」白莎說：「我本當早上床了，就是在等你電話。你去哪裡了？」

「辦案呀。」

「我打賭，有漂亮女人在幫你忙。」白莎說。

「你不是要睡了嗎？白莎。」我把電話掛上。

我離開旅社，把車開回自己公寓的私人車房。上床。

告訴白莎我要回寓好好睡一晚是說來容易，真正要做起來恰也困難。

這件案子，無論從哪個角度衡量都不合常理。

賀卡德和一個女人在討論什麼事的時候，有人闖了進來。闖進來的可能還是兩個人。賀是個有力氣的大個子，他加上一個女人足可應付任何單獨的闖入者，除非——對方有槍。但是對方有槍的話，現場就不會打成那種情況，有槍再打成那種情況，就該有人受槍傷了。

我在床上翻來翻去到三點以後才睡著。

我六點鐘不得不起床，起床的時候比上床時更累，心裡的挫折感也更厲害。

第八章　後車廂的屍體

我淋浴，刮鬍髭，喝了三杯濃濃的黑咖啡，坐進公司車，開車去哥林達的白京旅社。

有個留言要我打電話給米拉瑪公寓的陸洛璘。

我猶豫了一下，這時候打電話會不會太早？但是又想到她是個上班族，這時候該起來了。

我打電話過去，幾乎立即有回音。

「是唐諾嗎？」

「是的。」我說。

「唐諾。我擔心賀先生，是不是出事了？」

「洛璘，這時候擔心早了一點。今天早上他有約會嗎？」

「有的，今天約好會見幾個重要客戶。」

「好，」我說：「你等著看他會不會上班。也許他在什麼地方睡覺，昨晚太緊張刺激了。」

「不可能。」她說：「能去的地方都不在。」

「你怎能那麼確定？」我問：「也許他在自己公寓，只是昨晚他不願意接電話而已。」

「我去過他公寓了，唐諾，床都沒有睡過。」

「你怎麼進得去的？」

「經理認得我。我告訴他我有緊急公事要送去，請他給我開的門。」

「你這樣做，萬一發現他和個漂亮小姐在床上，怎麼收場？」

「我不知道。」她說：「但是我感覺到他不會和個漂亮妞在床上，而且我知道會看到什麼。」

「看到什麼？」

「床沒有人睡過，裡面沒有人——當然，經理在的時候，我不會進臥室。賀先生有個非常好的三房公寓。」

「東西都沒有亂嗎？有沒有被搜索過的樣子？」

「沒有，每件東西都不亂。」

「洛璘。」我說：「昨天我送你回家之後，你是不是馬上上床睡了？」

「為什麼問？」

「我想知道呀！」

「為什麼想知道？」

「因為我要決定給你什麼建議。你問過我要不要報警，萬一你報了警，你老闆突然回來了，會有點窘。」

「好，唐諾。我老實告訴你。昨晚上什麼地方都看過之後，實際上還可能有一個地方，他可能去，是一個公寓。」

「於是你去敲門，把女人叫起床——」

「別傻了，我只要看看車在不在附近。他要是在那裡，車子會停在公寓附近。我到那附近仔細看過，車子不在。」

「之後呢？」

「我整晚二、三次給他公寓打電話。沒有人接，我真擔心。」

我說：「去公司看他來不來上班，等到他約好見客戶的時候，萬一再見不到他，我建議你報警。」

「但是……」她躊躇地說：「第一個約會要到十點鐘。我真不願再等那麼久。

不過……我想你的建議是對的，是最好的辦法。唐諾，你今天會一直在這裡嗎？」

「進進出出會在這裡，而且我會和你聯絡。你在辦公室是嗎？」

「九點之後，是的。」

「我假如不能到公司看你，就會給你電話。」我說。

我掛上電話，等到八點二十分，開車去米拉瑪公寓。我沒花什麼力氣就找到停車的位置。八點三十分，我敲厲桃麗的公寓門。

厲桃麗身上只穿了一襲晨褸，開門的時候，門裡的光線照著透明的衣服。把曲線都黑白強烈對照表現了出來。

「唐諾！」她說：「你來早了。」

「八點半。」我說。

「真的？」她叫道：「我鬧鐘才響，我定在七點三刻的。」

我看看床邊的鬧鐘，現在指著八點過二分。

我說：「昨晚，你怎麼定時間的？」

「鬧鐘？我定在七點三刻。」

「不是，你在開發條的時候，用什麼對時的？」

「用電視。我在看一個節目——」

「你定晚了正好半個小時。」

「不可能！我看你手錶。」

她走過來站我邊上，我把手伸出來給她看錶。

她把我手腕拿在她手上，把我拉近她的晨褸，說道：「老天，我可真該穿衣服了。小廚房裡咖啡正在煮。你看一眼好嗎？我要穿衣服了，我躲在衣櫃裡穿好了。」

她快步走向壁櫃，一面走一面脫下晨褸，晨褸脫掉，人也進了壁櫃，晨褸留在櫃外。我有幾分之一秒鐘看到她只穿內褲和胸罩。過不多久，她出來時已穿好了上街服裝，連鞋也穿上了。

我給她一個色狼式的口哨。

「唐諾，」她說：「我們還有事要做，把意志集中起來。」

我說：「有點困難……這雙鞋真漂亮。什麼皮，是鱷魚？」

「是的，我喜歡鱷魚皮，特別愛好，尤其配淺咖啡襪。」

她把裙子拉起一點，抬頭看我，微笑道：「如何？」

「我也喜歡。」

她說：「我餓極了。我本來只想喝杯咖啡就走的，現在想要點吐司和醃肉了。你認為時間來得及嗎？」

「當然，時間還早。」我說：「事實上我們改在這裡吃早餐也可以。」

「不要，我喜歡在機場一面吃早餐一面等，這裡只是填一下餓而已。」

她匆匆去小廚房。

我走向她剛才穿衣服的壁櫃，掛的都是女用外衣，有一個抽屜裡面都是內衣。

我在壁櫃角上看到一整架子的鞋，快快地抓起一隻鱷魚皮鞋，看看是哪裡製的。是伊利諾州，芝加哥市。

我放下，又抓起一隻，是鹽湖城，和昨天我在賀卡德辦公室找到那隻鞋，同一家鞋廠製造的。

「唐諾，你在哪裡？」她問。

我快快離開壁櫃。

「來了。」我說。

「幫我烤吐司，我來炸醃肉，我有個自動炸醃肉機，應該做出好醃肉來。用這烤麵包機，你來給我烤吐司。」

我把吐司麵包從麵包匣裡拿出來，放兩片進烤麵包機，把麵包推下。電動的炸醃肉機發揮作用，一時早餐桌上充滿了醃肉和咖啡的芳香。

「唐諾，」她說：「鐸的事，我真抱歉。」

「沒關係。」

「他……他佔了你便宜。我本來不准他的——我知道，他非要你說，你見到那車禍了。」

「告訴你件奇怪事，桃麗。」我說。

「什麼？」

「我真的曾經看到這件車禍。」

她差點把手裡的淺盤掉落地上，「你，什麼！」她喊道。

「我看到這件車禍。」我說：「聽起來誰也不會相信，一百萬年也不會發生的巧事。我看到的時候不認識你，所以根本不會知道你對這事有興趣，或什麼人會關心這件事，但是——反正就如此，我看到了，如此而已。」

她猶豫一下，使自己定定神，把醃肉放淺盤裡，用喉頭的聲音大笑。

「唐諾，」她說：「你古靈精怪，但是你不必騙我。你要知道，我們去接的戴薇薇，就是車禍裡的女人——反正她也許會來問你的。」

「是因為這樣你才要我去接她嗎？」

「絕對不是，我自己想見你。我——唐諾，昨天你打電話一次我不在，為什麼不再試試呢？」

「我試過，但是你不在家。」

「我告訴你，我去門口買香菸。」

「我一次又一次，一直打，你都不在家。」

「那不會，唐諾。你一定打錯號碼了。整個黃昏，我就坐在電話機旁——我還先找個理由叫鐸不要來煩我。」

「他沒來這裡？」

「沒有。」

「你們兩個不在一起？」

「沒有。我還可以告訴你一件事，唐諾。我實在不再願意和他在一起。我認識他太久，現在牽涉到我不太喜歡的事情裡去了。鐸，他——他喜歡佔有，而且不講理。你已經見到過他，你瞭解。我認識他不到兩個月，他緊盯著我。」

我看看她鞋：「你的腳真美。」

她大笑著，說道：「能不能把眼睛抬起來，看點別的？」

「鞋子是這裡買的嗎？」

「不是，這一雙是一個女朋友送給我的。為什麼問？」

「鹽湖城的女朋友？」

她驚訝地說：「她住那邊很久，怎麼會，唐諾——」

「我對鞋子有癖好。」

「你不會是對女人貼身東西有癖好的瘋子吧？像是三角褲、胸罩的？」

「說不定。」

「我看你不像，將來有機會可以證明的，目前我們最重要的是接機。」

「唐諾，拿幾條醃肉夾在兩片吐司裡，這叫醃肉吐司三明治，試試看，我滿喜歡的。先填填餓，反正我們到機場另外還要再吃早餐。這算是開胃點心，又稱前菜。唐諾，你喜歡前菜嗎？」

「喜歡得很。」

「有的時候，」她煞有介事地說：「前菜比正菜有味得多。這叫做，叫做……」

她停下來，想研究如何說最好。

「偷不如偷不到。」我說。

她大笑說：「你腦子真快，唐諾。你咖啡裡要糖和奶精嗎？」

「現在不要。」我說：「等一下再吃早餐的時候，我要。目前我只要黑咖啡。」

「你今天看來很瀟灑。唐諾，昨晚睡好了嗎？」

「還可以。」我說：「你呢？」

「昨晚睡得好極了。」

「今天你美麗得像朵花。」

「真的？」

「真的。」我說。

「唐諾，能認識你我很高興。我喜歡替你做點事——我覺得你受了委屈，你有點膽怯。」

「怎麼想到我會膽怯？」

「剛才我握著你的手，看你手錶，照這種環境，大多數人都會藉機會佔點便宜。」

我說：「我不幹這種事。」

「你不藉機會在女人身上佔便宜？」

「不是，」我說：「我不喜歡一面看錶，心裡想著要去機場接人，還要和女人調情。我喜歡暗淡的燈光，夢樣的音樂，輕閒的氣氛，沒人打擾的環境——」

「唐諾，別講了。」

我看看手錶，「可以。」我說：「現在洗盤子，還是回頭再洗？」

「當然隨手洗掉。」她說：「我最討厭回家的時候，一大堆髒盤子等著洗，我喜歡公寓乾乾淨淨。我用熱水和一點點洗潔劑。好在公寓裡熱水很熱，是蒸氣的。」

她把熱水放進水槽，放幾滴洗潔精，用洗碟布洗好，沖一下水，交給我。

「你來擦乾。」她說。

我幫她擦乾。

九點十二分，我們一切就緒，準備出發。

桃麗很快地環顧一下公寓，說道：「你會喜歡薇薇的，但是不可以愛上她。唐諾，你暫時是我的，雖然我還沒有決定。」

「薇薇很漂亮嗎？」我問。

「沒話說。金髮碧睛，而且要啥有啥。」

「只開一輛車去？」我問。

「嗯哼。」

「好，」我說：「我的車在門口，方便。」

她看看鬧鐘，笑著說：「自己看看也覺得很笨。」

她走過去，把鬧鐘撥前三十分鐘。

「唐諾，現在對了嗎？」

「對了。」我說。

「我們走吧。」

我把公寓門打開等她出去。她經過我走出去，經過我的時候故意把下巴一抬，向我笑笑。

我們一起乘電梯下去，用公司車到機場，查到薇薇的班機可以準時到達。

我們到機場餐廳，用香腸、蛋和更多的咖啡。

我問清薇薇飛機到達的機門。我們在機門口接她。

班機準時到達，停到正好的位置。乘客魚貫而出，沒等桃麗說話，我就知道哪位是薇薇。

戴薇薇是一個標準的金髮碧睛，穿一套非常令人注目的粉紅絲質套裝，沒扣的上衣，裡面一件低剪裁襯衣，要不是她穿，別的發育較差的模特兒穿在身上，衣服會像個布袋。

「那是薇薇。」桃麗裝出十分渴望相聚，跳上跳下地說。

薇薇從離機門出來，桃麗愉快地叫出聲來，跑上去把她抱住。

「薇薇，你看起來好極了。」

薇薇笑了，懶散、軟弱無力地笑道：「哈囉，性感小貓。」

「不能這樣叫我，薇薇。我有——有個拖車在這裡。」

她轉向我：「唐諾，這是薇薇。薇薇，我介紹賴唐諾給你，是我的一個朋友。」

「最近的一個？」薇薇問。

「絕對是最近的一個。」

戴薇薇仔細看我，伸出她的手，用溫和誘人的聲音說：「哈囉，唐諾。」

「唐諾開車帶我來的。」桃麗解釋著說：「老天，薇薇。你什麼時候起來乘飛機的？」

「有三小時的時差。」她說：「我又只好搭見站必停的班機一路停過來。芝加哥、丹佛、鹽湖城。目前紐約是兩點鐘。我今天清早一、兩點鐘就上路了。」

「那麼早，怎麼起得來呢？」

「容易。」薇薇笑著說：「我沒有上床睡。」

她打開皮包，拿出機票，把夾在機票上的行李票拿下，想要交給我，又改變意思，對我說：「唐諾，你去把車開過來，我請個黃帽子拿行李。你可以在前面上車的地方等，人在車旁，車廂蓋打開，就沒人趕你了。不過你臉上要裝出一副渴望的樣子。」她把眼光看向我問：「唐諾，你會不會裝作渴望的樣子？」

「我不知道，」我說：「我要裝作渴望的樣子，我自己也看不到。」

「他說話頂有趣的。」桃麗說。

薇薇說：「眼睛做個渴望的樣子給我看看，唐諾。」

「你會失望的。」我說。

「唐諾，你去拿車。」桃麗解圍地說。

薇薇說：「不必太急，唐諾。行李全下來至少十到十五分鐘，我也要花不少時間才能拿到。」

桃麗說：「唐諾，你去開車的時候，我會把你的一切對薇薇說。當然，不是全部，幾乎全部。我也會告訴她，不能奪人所好。」回過頭來她又對薇薇說：「你可以逗著玩玩，不能當真的。」

大家大笑。

我去拿車。

從機門到停車場有好長一段路程，除了步行還沒有其他方法，我走了幾分鐘才走到，又花了點時間離開停車場，開到到站旅客的裝載區。

結果，站在那裡作渴望狀的是她們。她們兩個和一個黃帽子帶了四個箱子、一個手提袋，在等著。

四個箱子整齊地疊在一個行李推車上，所以我把車廂鑰匙交給黃帽子。

我自己走出來，繞過汽車，把右側前車門打開，替小姐們開著門，等她們上車。

「我們可以都坐在前座。」薇薇說著，立即自己搶先進入車廂，坐在前座的中間。

就在這個時候，我聽到黃帽子的大叫聲。

我急急向後面看去。

黃帽子站在那裡，兩眼瞪得酒杯大，看著打開的車子行李廂裡面，然後悽慘地叫出第二聲，轉身就跑，不要命地兩腳盡快交替，逃跑了。

「怎麼啦！」桃麗仍在車外，對我說：「你對他怎麼啦。唐諾？」

我走向車後。

車子行李廂裡有東西。暗暗的，像是穿了褲子的腿。

我快步走到車子正後方，仔細看看。

賀卡德的屍體蜷曲在行李廂裡，膝蓋碰到胸部，下巴也在胸部上，臉向外，只要看一眼，任誰都知道，已經死透了。

我聽到桃麗在我耳根旁的尖叫，然後是警察吹的笛聲，然後是四周圍過來的人潮，好幾個女人跟著大叫，警察抓住我的手臂。

「老兄，是你的車嗎？」他問。

「是我的車。」我說。

警官說：「退後，大家退後，沒什麼好看。」

他吹著警笛。

一個和機場有關的便衣快快地過來，沒幾分鐘，警車上的警笛響起，接近人群的時候，警車減速自人叢中擠進來。

兩個制服警官自車中跳下，把我放進警車後座，又兩分鐘後，我在機場的一個辦公室裡受他們訊問。一個便衣的人在做記錄。

一個警官先開口：「你叫什麼名字？」

我告訴他。

「駕照拿出來看。」

我交給他。

「那是你的車？」

「那是公司用車。」

「來這裡幹什麼？」

「接一個班機來的女人。」

「什麼名字？」

我告訴他。

「哪一個班次？」

我給他們班次編號。

「在你行李廂的男人是誰？」

我說：「匆匆一眼，好像是一個叫賀卡德的人。」

「賀卡德是什麼人？」

「一個搞新社區的地產商。」

「你們是朋友？」

「我認識他。」

「最後一次什麼時候見過？」

「昨天，昨天下午。」

「屍體怎麼會到你行李廂裡去的？」

「我不知道。」

「有什麼要說的？」

我說：「有不少要說的，我和陸洛璘談過，她——」

「陸洛璘是什麼人？」警官插嘴問。

「賀卡德的秘書。」

「她住哪裡？」

「哥林達的米拉瑪公寓。」

「好，你和她談什麼？」

「談賀卡德，她在為他擔心。」

「擔心得有理。她說什麼？」

「賀卡德一晚未回家，她在擔心。」

「她和他住一起？」

「不是，她知道他失蹤了。」

「她怎麼知道他失蹤了？」

「我們昨晚試著到東到西找他。」

「我們——是什麼人？」

「陸洛璘和我。」

「你們兩個在一起？」

「一部份時間。」

「你們一起幹什麼？」

「一起找賀卡德。」

「為什麼？」

「因為有人侵入了他的辦公室。」

「那是什麼時候？」

「你是問，我們什麼時候在找他？我不知道，我沒有特別注意時間，我知道已經相當晚了，可能過了午夜了。」

「你怎麼知道有人侵入他的辦公室？」

「因為我們去他辦公室了。」

「你們去幹什麼？」

「去找賀先生。」

「為什麼？」

「有些事我要和他談談。」

「什麼事？」

「一件汽車車禍。」

「什麼汽車車禍？」

「車禍的事我不願意談到。」

「老兄，」警官說：「你現在情況糟透了。你是個私家偵探。你該知道你目前的處境。你最好能合作，使自己脫罪。」

「我本來就是無罪的。」

「車禍的事不說出來，怎麼知道你是無罪的？」

我說：「兩個和我一起在機場的女人，怎麼樣了？」

「也在機場裡。」

「在幹什麼？」

「和你一樣，在受訊。」

我說：「她們兩個中有一個——那個金髮的，和車禍有關。」

「她叫什麼名字？」

「戴薇薇。」

「另外一個女人叫什麼？」

「厲桃麗。」

「你和她什麼時候見的面？」

「今天早晨。」

「幾點？」

「八點半。」

「什麼地方？」

「我去她公寓。」

「做什麼？」

「接她，一起開車來這裡接戴小姐。」

「再說說死人的辦公室，是怎樣被人侵入的？」

「那辦公室裡面弄得相當的亂，好像有人在裡面打了一架。」

「報過警了嗎？」

「沒有。」

「為什麼不報警？」

「他的秘書認為再等一下看看。」

「看什麼？」

「看今天早上有什麼發展。」

「沒錯，今天早上是有了發展。」警官說：「現在我們要展開調查，也要去查對一下你說的一切。我要你留在這裡，就趁這個時間，把你知道本案的一切寫下來。」

我說：「請問一下，你認識宓善樓警官嗎？」

「當然，我們認識他。」

「我也和他很熟。」我說：「請把善樓找來，我有話和他說，我也不會替你們寫什麼東西。」

「不替我們什麼？」

「不替你們寫任何東西。」

「你知道這表示什麼？你自找苦吃。」

「好吧，我自找苦吃。但是我要找宓善樓，我不寫任何東西。」

「好，我們會找善樓。我們本來就可以把你帶去見他。」

一個警官走向電話，用低聲向電話講了一會。我聽不到他說什麼，然後他們都出去了，留下我一個人在辦公室約二十分鐘之久。

兩個警官回來，把厲桃麗和戴薇薇帶了進來。

警官馬上展開作業。

「你們兩位小姐坐在這裡。」他說。

桃麗給我一個恢復信心的微笑。

戴薇薇思慮地看我一下。

「賴先生，」警官說：「你在八月十三日，在哥林達見到一樁車禍？」

「和這件事有什麼關係？」

「好好說一下。」

「那不過是一件普通小事，有人車子撞到另外一輛車的尾巴。」

「有人是什麼人？」

「賀卡德。」

「前面的車子，又是誰？」

「這位戴小姐。」

「你可以確定？」

「當然。那時候我不認得她。現在我當面見到了她，我知道是她。」

「好，把這車禍形容一下。」

「已經說過了，是個小車禍。」

「你不要管車禍大小，你只要形容當時怎樣發生的。」

「好吧！」我說：「當時有一連串的車在走。」

「多少車輛是一連串呢？」

「我想在戴小姐前面有兩輛車，賀卡德的車子當然在戴小姐車的後面。」

「那麼，至少有四輛是在一起的？」

「是的。」

「發生什麼了？」

「他們一起到了十字路口——」

「哪一個十字路口？」

「哥林達，主街和第七街。」

「你在哪裡？」

「我在主街的西側人行道。」

「離開十字路口多遠？」

「大概七十五呎到一百呎。」

「看到什麼？」

「我想賀卡德想竄出來，快一點超過前面的車子。他發現不可能，所以縮回到車道去，不過速度還是很快。」

「為什麼發現不可能超車？」

「我想他想走到馬路的左側車道去超車——假如左側車道沒有車——又好像紅綠燈對他有利。」

「他見到他不可能超車？」

「我想是的。我不知道他怎麼想。我只能從他開車的樣子，估計當時的情況。」

「他沒有能超車，一定是交通號誌改變了？」

「可能是的。」我說。

「那麼他是在看紅綠燈？」

「我不知道。」

「另外有個可能是左側車道上在他前面有車。」

「我不記得左側車道上在他前面有車。」

「交通號誌改變的時候，出什麼事了？」

「第一輛車在黃燈亮的時候，本來可以通過的，但是他一踩煞車把車煞住了，所以第二輛車只好緊急煞車也停下來。戴小姐駕一輛輕跑車，也停了下來，但是賀先生跟在後面的車到最後一秒才煞車，那時只能把車慢了一點下來，一撞就重重撞上戴小姐的車，戴小姐的頭給撞得猛向後倒。」

警官向她看看。

戴薇薇慢慢地看著我，思索著，然後說：「他在說謊。」

「什麼地方說謊？」警官問。

「車禍根本不是這樣發生的。」

「是怎樣發生的呢？」我問。

「有兩行車向十字路口開，」她說：「我在左邊一行，賀先生的車一直在右側一行。右側一行有四、五輛車，左側一行只有我一輛車在前面。賀先生想到左側一行來，這樣他可以超過右側一行前面的三輛車。他開得很快，他自右側竄出來，就在我後面，這時燈號變了，他撞上我車尾巴。」

「在十字路口快到的時候，你前面有幾輛車？」警官問。

「沒有車。」她說：「左側只有我一輛車，右側倒有五、六輛。這就是為什麼賀先生要從右車道出來，想繞過前車了。他在撞上我之前，一定還在加速。我從後照鏡裡可以看到他向前來。」

「所以囉，賴先生，」警官說：「你根本沒有見到這車禍，你為什麼要說你看到車禍呢？」

厲桃麗竄出來高聲說：「我告訴你們為什麼，那是因為班鐸雷強迫他這樣說的。」

「什麼班鐸雷？他怎麼可以強迫別人說看到什麼？」

桃麗說：「我說出來會被人殺掉的。」

「沒有人會為了你給我們說實話殺掉你的。」警官說：「你儘管說好了，不要怕。」

桃麗說：「賴唐諾是好人。他在聖昆汀監獄待過一段時間。他出獄後一直想找個正經工作做個正經人。班鐸雷為了他自己的理由，強迫唐諾寫了一張自白書，說他看到了那個車禍。」

那警官看向她，慢慢一面想，一面告訴她。「小姐，」他說：「讓我來告訴你一點事實。賴唐諾是一個有名的私家偵探，他是柯賴二氏私家偵探社的一份子。他一直是在騙你。他從來沒有去過聖昆汀——還沒有去。他是在利用你的同情心。我不知道他為什麼這樣對你，厲小姐。但是這位戴小姐——」

辦公室門打開，洛杉磯總局兇殺組的警官宓善樓走了進來。

「哈囉，小不點。」善樓說：「這一次你又捅了什麼紕漏啦？」

「還不是為了生活忙碌。」我說。

「你一定要遠離屍體才行呀。」他說，又轉向警官問道：「這裡怎麼回事？」

警官說：「我們才捉住他在說謊。警官。」

「這不算什麼，同志們。」善樓說：「這小子你可以逮住他十次，他的確是在說謊，但是最後你會承認他的理由是正確的。你們要是疏忽一點點，出洋相的就是你們自己。」

「我讓你出過洋相嗎？警官。」我問宓警官：「這件案子裡有些東西是你要的。」

「我們不談。」善樓說，他向警官們點點頭：「先把女士們帶開這裡，然後我們談談，讓我先弄清楚是怎麼回事，再回頭來對付這小傢伙。」

所有人都離開了房間，至少又過了二十分鐘，宓警官回進辦公室來。

他嘴裡在咬著半支沒有點火的雪茄，兩眼有智慧地看著我。

「這次你真幹了最糊塗的事了，賴。」他說。

「是最糊塗的事闖上我了。」我告訴他。

「你到底有沒有見到那件車禍？」

「沒有。」

「為什麼你說你看到了？」

「因為，有個叫班鐸雷的，強迫我寫了自白書。」

「他怎麼強迫你法？」

「舉個例，他把我打昏過去。」

「然後呢？」

「他認為我在聖昆汀耽過，我將計就計，陪他玩玩。」

「為什麼？」

「我想知道，他這樣做是為了什麼？」

「好，另外還有一個人，叫麥奇里的，就是賀卡德的合夥人。你對他說看到那車禍，從他那裡拿了兩百五十元錢，有沒有這回事？」

「有的。」

「你為什麼這樣？」

「我要看他們為什麼肯出兩百五十元找個證人，也想知道什麼人出這筆錢。」

善樓搖搖頭說：「像你這樣聰明的人，怎麼肯伸手拿這種錢？這是利用假消息詐財。」

「這並不能使我成為謀殺犯哪。」我說。

「不會。」善樓說：「謀殺犯另有所據。」

「根據什麼呢？」

「根據你到過賀卡德的辦公室，從窗裡跳出來，跑到你車上。那時候你已經把賀先生的屍體放在車廂裡了，而且逃離現場。」

「什麼人告訴你的？」

「你的指紋告訴我的。」

「你說什麼呀！」

「說到你留在賀卡德新社區的指紋，」善樓說：「那個陸洛璘確實盡了她全力掩護你，向我們解釋。她說她陪你一起去那個地方，是你第一次見到這意外。但是你的指紋告訴我們，你騙了她。」

「你老說我的指紋，我的指紋有什麼不對？」

善樓把牙齒露出來，對我微笑道：「唐諾，你玩了一個老把戲。你第二次回到現場，假裝發現了什麼。你利用洛璘，故意把指紋弄得滿天飛。這樣你以為誰都無法證明你留在現場的指紋是什麼時候留下的。但是你忽略了一件事。」

「我不懂你在說什麼。」

「那女人的鞋子。」

「怎麼樣？」

「那個新社區大模型摔下來的時候，壓到了那一隻鞋。從鞋子面上被壓到的地方，可以清楚地看出來。」

「我一點也不知道。」我說。

善樓說：「你把模型抬起一點來，把鞋子抽出來，仔細觀察。」

我搖搖頭。

善樓說：「為了把模型抬起一點來，你留下了中指的指紋，在模型的底部。這個指紋好清楚，因為你才摸過跌破的粉餅，粉餅上的粉使指紋不必再擦銀粉，都看得清清楚楚。我們一組人員，今天早上九點鐘，就在那裡工作了。」

善樓停止說話，把雪茄在嘴裡不斷的左右搬弄著。

「小不點，這一次看你再玲瓏的口舌也講不出理由來了吧？」

我什麼也沒有說。

「怎麼樣？」善樓緊盯不捨。

我說：「警官，你講的我一點也不明白。模型底下的指紋，我什麼時候都可能留下的呀！」

「不對，你不可能。」他說：「一旦那鞋子從模型壓著的地方抽出來之後，這一大塊模型平平地舖在地上，手指是伸不進去了。除非用螺絲起子，或是鑿子的尖端，否則什麼也伸不進去。這玩意兒有一百磅重，你抬不起來的。」

「原來如此。」我說：「所以你吃定了是我，有謀殺罪，是嗎？」

「那倒沒有。」善樓說：「只能說是有嫌疑，調查中。」

我說：「你的調查工作真蹩腳。只因為我的指紋，在一百磅重的社區模型底下邊上，就吃定了是我侵入賀卡德的辦公室，殺死了賀卡德，把他從窗裡拖出來，拖過草坪，把他放在汽車後面行李廂裡，自己又回進去。你想我回進去幹什麼？再弄個屍體？」

「也許你進去的目的是找你那份亂開黃腔的自白書。」善樓說。

「假如，你認為我不能抬起一個一百磅重的紙板模型，那我怎麼能舉起兩百二十五磅左右的賀卡德，挾他跳過窗口，帶到車後，放進車廂呢？」

「我們不知道，」善樓說：「我們就是想找出方法來。」

「很值得仔細找一找。」我告訴他：「假如我能夠舉起一個兩百二十五磅的賀卡德，沒有理由我舉不起一百磅的紙板模型。」

「你也許還有共犯。」善樓說：「你只要抬半個屍體。」

「那倒省不少力氣。」我說：「共犯是什麼人呢？」

「我們正在找。」善樓一面說，一面猛咬雪茄。

「到底你們要把我怎麼處置？起訴我犯了謀殺罪？」

「還沒到時間。」

「逮捕我？」

「還沒到時間。」

「那算什麼？」

「暫時留置問一問。」

我搖搖頭：「我不喜歡你們這樣對待我，你們要不起訴我，就得放人。」

「我們可以留置你問話。」

「你留置我問過話了，我現在要用電話。」

「你用吧！」

我走向電話，打電話到辦公室叫總機快給我接柯白莎。

白莎說：「唐諾，又怎麼啦……」

我說：「白莎，他們留住我，要問我賀卡德被謀殺的事。我現在在機場，賀卡德的屍體發現在我汽車行李廂裡。我還有很多事要做，我要——」

白莎打斷我的話，「賀卡德的屍體！」她叫道。

「是的，」我耐心地解釋道：「他被謀殺後的屍體，是在公司車行李廂裡發現的。」

「公司車！我們的公司車？」她喊道。

「是的。」我說：「善樓在這裡，他一直在問我。但我急著有事要做。我已經把所有知道的全告訴他了。我告訴他，他只有兩條路，起訴我或是放我走。他偏偏兩條路都不幹。我希望你找一個本市最好的律師，代我提出人身保護狀。不移送法院，就該放我走路。」

白莎說：「你讓我和宓善樓講話。」

我用手握住話筒，遞向善樓，說道：「善樓，她要和你說話。」

善樓露齒笑道：「告訴她，沒有這個必要。為了保護我的耳膜，我不和她在電話上交談。告訴她，我們放你走。」

我對電話說：「善樓說不必了，他說他放我走。」

「那是什麼意思？」

「意思是我馬上回辦公室。」我說。

善樓說：「唐諾，那輛車子你反正暫時不能開了。我們要扣留一段時間，你知道，檢查血跡什麼的。」

我在電話上告訴白莎：「善樓要扣留我們的公司車，我會用計程車回來的。」

「計程車！不可以。乘機場巴士回來，至少可省四元錢。」

「我們在辦謀殺案。」我告訴她：「時間的爭取很重要。」

「時間個屁！」白莎說：「鈔票才重要。」

我告訴她：「把我們客戶請到辦公室來等我，我有話要問他。」

善樓說：「給我也準備一把椅子。」

「什麼？」我問他。

「給我放張椅子，我會和你一起回去。假如你要請律師帶人身保護狀來，我們不願找這個麻煩。案子沒有弄清楚之前我們不會起訴你，也不會逮捕你。但是我可以跟著你。唐諾，像個保護你的哥哥。」

「你來告訴白莎。」我說。

「你告訴她好了。」他告訴我。

我說：「善樓說要跟住我，他們還沒準備起訴我。但是宓善樓要跟定我，至少他是這樣說的。」

白莎說：「我們能阻止他嗎？」

「可能有困難。」我說：「警察就是如此的。他們會派人盯住我，或是逮捕我，控訴我謀殺嫌疑，用這個罪他們也可以拘留一段短時間。」

白莎對我說的考慮了一下，說道：「假如這渾蛋要和你一起乘計程車回來的話，不要忘了一半車費由他付。」

「可能還有更好的方法。」我說：「他應該有警車在這裡，我搭他的便車好了。你把我們客戶弄到辦公室等，我真有事要和他談。」

「我一定要旁聽。」善樓微笑說：「給我準備的位置要舒服些。」

「多久可以回辦公室？」白莎說。

「很快。」我告訴她說：「你把會談場所準備好。」

我掛斷電話。

善樓還是得意地在笑。

「我告訴過他們，你會做什麼。」善樓說。

「做什麼？」

「用人身保護狀來威脅我們。」善樓說：「這樣我們就縛手縛腳了。但是我們把你放走，你自然會帶我們去找我們要找的人。」

第九章 撞人脫逃的案子

我們大家在白莎的辦公室裡。宓善樓，咬著一支新的雪茄，自鳴得意地滿意於自己的聰明。

柯白莎，敏銳的眼睛搧呀搧，很謹慎地在觀看局勢。盧騋夢，平靜、莊重、緘默，一心想把這一團糟的事情推得乾乾淨淨。

「好吧，小不點。」善樓先開口說：「這是你建議的地點，你召集的人選。你安排席次吧。」

他向白莎露出牙齒來笑笑。

柯白莎雙眼冒火地看向他，「宓善樓，你什麼意思要把謀殺案推在賴唐諾身上！」她大聲說。

「是他自己向自己身上拉。」善樓說：「而且據我看。他越是掙扎一定越把自己細得緊，要不多久，自己就吊死自己了。」

「我以前也聽你講過這種話。」白莎說：「等煙消雲散之後，大家發現唐諾是對的。你矮了一截，拉著唐諾上衣衣角，得到不是你能力得來的榮譽。再說，你那討厭的雪茄，臭得要命，給我丟出去。」

善樓說：「白莎，拜託。我喜歡它的味道。」

「我不喜歡！」

「你不喜歡我就拿出去。」

「那就拿出去呀！」白莎大聲叫道。

善樓站起來，走向門口。

「嗨，等一下，你要把它丟哪裡去?外面沒有地方可以丟這雪茄——」

「誰說過要丟掉它？」善樓裝作無辜的樣子說：「你說你要我把雪茄拿出去，我現在就是把它拿出去呀！」

「你自己跟了雪茄一起出去？」

「是呀。」

「你給我坐在這椅子上。」白莎說：「不必耍什麼小聰明，好好給我聽幾分鐘。唐諾，你說，這是怎麼回事？」

我轉向盧騋夢問道：「你說你沒有聘請飛天私家偵探社也來辦這件案子？」

「沒有，我對柯太太說清楚了，沒有。」

「你來請我們替你做什麼事？」

「我看沒有必要我們再重複這一點。尤其有證人在這裡。再說，我不論說什麼，將來還可能上報紙。

「我不在乎老實告訴你，我們公司不利用自己的調查部門，而僱用開業的私家偵探社來調查一件車禍案，不是一件體面的事，所以越減少宣傳，越是有利。」

「這一點我們都瞭解。」我急急接口道：「但是正因為如此，我必須請教一點。你為什麼不利用你們自己的調查部門，而要請我們開業的私家偵探社，調查這一件車禍呢？」

「我已經向你解釋過十次以上了，賴先生。」盧騋夢說。

「那就解釋十一次以上吧，」我說：「這位宓警官可能很有興趣聽一聽。」

盧騋夢耐心地嘆口氣，說道：「警官，我不知道你怎麼想，在我看來，賴先生只是在拖延時間而已。」

「讓他拖，」善樓說：「我們有的是時間，他也有的是時間，運氣好的話，可以弄個終身監禁。」

我對騋夢說：「我們在等你解釋。」

駯夢說：「我們認為開業的偵探社，調查得會範圍較廣。」

我說：「還有呢？」

「你已經聽到了。」駯夢說。

「我是聽到了。」我告訴他：「我聽到的不十分合理。你聘請外面開業的偵探社是有原因的。我說也可以，你是怕原告訴訟外，另加誹謗訴訟，是嗎？」

盧駯夢的眼睛變狹窄了。

「是不是？」我又盯了一句。

盧駯夢想說什麼，改變主意。

宓善樓，一直用他那雙訊問過不知多少嫌犯的銳利眼光，看著盧駯夢。這時候他說道：「盧先生，你們不喜歡太多的宣揚。我覺得唐諾問得還合理，你為什麼不在此時此地回答他一下？一定要等到地方檢察官請你去他辦公室，外加一群記者在門外，等著要知道一家保險公司和這件謀殺案有什麼關係——」

駯夢脹紅了臉說：「警官，這就是全案最惱人的地方。」

我對善樓說：「我研究過這一點，那是因為這件案子太燙手了，他們自己不敢經手。他們一定要指控賀卡德，但是又不敢負起指控的責任。他們付點錢，請一個和公司無關的偵探社調查，做報告，再指控他，他們划得來。萬一造成誹謗，有人抵罪。」

善樓轉向騄夢，把雪茄自嘴中取出，以咬得稀爛的尾部指向騄夢問道：「你怎麼說，盧？」

盧騄夢一直在苦思怎樣應付這一個局面，突然改變戰術，他說：「完全沒有他講的意思，警官，只是，戴薇薇出來，聲稱她頸椎受傷這種手法，使我們公司懷疑，她的背後有一個職業詐取保險金的集團在支持。」

「何以見得？」

「她的症狀開具得太仔細了，她形容的疼痛位置、時間、程度；形容的精神受威脅情況，就和教科書一樣。不容我們不想，是一個偽裝的有病。」

「只因為她申請給付，你們就——」

「不是，不是，是因為她申請給付的方式。我們的調停人看出了她的企圖，但是處事不夠圓滑，在有證人情況下說了幾句不太受用的話，這才是我們目前最擔心的。這些話可能造成她控告我們誹謗她。除了本來的保險訴訟外，又節外生枝。當然，除非我們能證明她有詐騙保險的企圖。但是依目前的資料，或是可能收集的資料，要證明這一點幾乎不可能。」

善樓轉向我說：「小不點，你滿意了嗎？」

「拐彎抹角，不過差強人意了。」我說：「至於。他說的一定要證明她想詐取保險金，才能使保險公司脫離困境，我倒不太贊同。」

盧騋夢搶著說：「你好像還有別的方法？」熱望地著我。

我說：「譬如說，我們來證明根本沒有這個車禍。」

「你什麼意思『根本沒有這個車禍』？」騋夢失望地說：「當然，車禍是絕對有的，我們查過替賀卡德修車的車廠，也就是替戴薇薇修車的車廠。我們甚至在戴薇薇車子的後保險槓上取了一點油漆下來，證明是賀卡德車子上刮下來的。唐諾，你要亂講八講，我可沒時間和你鬼混。」

善樓咬著雪茄，所以只能露出另一側的牙齒笑。他對我說：「沒關係，唐諾，你繼續掙扎。你使我想到去年釣到的一條大鱒魚，是一條大魚。我把牠撈進網裡，牠掙扎，猛打尾巴，彈得老高。但是沒有用，牠在我網裡。」

由於回憶當時的趣事，善樓咯咯地笑著。

我說：「你們還沒有看出來呀？根本就沒有什麼車禍。賀卡德醉酒駕車。那一個下午。他們辦公室有人生日。賀卡德喝了兩杯。他出去，不知在哪裡吃晚飯，喝多了酒，回來的時候，撞了個人，但是他不敢停車，因為他知道他醉酒駕車罪很重，所以他想了個辦法要脫罪。但是，他一定要使他車子撞一撞什麼東西。

「他本來就認識戴薇薇。我想像得出戴薇薇以前在別的地方，有過頸椎受傷的經驗——不是她自己就是她至友有過車禍引起的頸椎受傷的經驗。她也知道這種受傷對人影響很大，而且醫生根本沒有辦法證明沒有受傷。

「所以賀卡德來請她幫忙，她立即想到了一個可能的機會。

「賀卡德找她，應該是午夜時分了，兩個一談就談妥了。賀卡德會對戴小姐說：『薇薇，我現在有大困難了。你幫我忙，讓我的車撞一下你的車尾巴。我們當做不認識，我們來約定一個時間、地點，算是車禍現場。時間一定要三點半以前，那個時候我還沒有喝第一杯酒，你可以事後向保險公司申請頸椎受傷的給付，什麼人問，我都會一口承認車禍是我的錯，讓保險公司只好付你錢，我自己又可以逃過酒醉駕車，撞人脫逃的罪。我們一舉兩得，各有所獲。反正頸椎受傷——』盧騄夢兩眼睜大，用右手中指和拇指「啪」的捻出一聲爆響。

「有可能嗎？」善樓問他。

「大有可能了。」騄夢說：「現在。我懂了。老天！他說對了——真他——」

善樓笑笑說：「注意你的言詞，騄夢，有女士在座。」

「你也說對了，善樓，有女士在座，」白莎說：「現在開始，廢話少講。騄夢，對這件事你還知道什麼？」

「我們根本不知道，不過現在開始慢慢湊得起來。」駱夢說：「我們依照常規方法，想找一個見到車禍的證人，但是一個也找不到。當然，賀先生是有身分的，他說的話我們根本沒有理由去懷疑，使我們困擾的是戴薇薇向我們使用的方式，幕後一定是有專業的律師或是集團在操縱，再不然就是有過這種——現在看來是對頭了。」

我對柯白莎說：「請愛茜進來一下。」

白莎用電話聯絡我的私人辦公室。卜愛茜就走過來。

「愛茜，」我說：「妳的檔案裡有沒有撞人脫逃的案子，最近三個月，沒有破案的？」

「很多。」她說：「第七冊，分類二〇〇，你要不要看？」

「是的，我現在要看。」

她憂慮地看了我一下，轉身向門，又自肩後回頭看我一下，走出門去。

「你們在幹什麼，刑事圖書館？」善樓問。

「差不多的意思。」

「她花了不少時間在上面。」白莎說：「也可以說，他的大眼睛秘書，放了不少時間在這上面。」

「有什麼意思，」善樓說：「你又不和警方走一條路。」

我什麼也不說。

善樓咬著他的雪茄說：「當然，也有它作用。每次我捉住你的時候，你總拿一件警方急著想破的案子出來搪塞一下。這也不是第一次了。我們也每次給你一點時間上的活動餘地，因為也許你真有我們要的線索。說起來我倒想起了，上次一件案子就是這樣給你逃掉的。」

我還是不開口。

善樓看向我，兩眼越看越瞇。「賴，」他說：「對付你，大家會上當，因為你太小不點了，個子那麼小，很容易把你低估了。」

卜愛茜走回來。跑得上氣不接下氣，夾了一本剪貼本在她腋下。

「在這裡，賴先生。」她說。一面把腰彎下來，我可以感到她呼氣如蘭，吐到我面頰上，也感到她熱情的部分壓在我肩上。

她把剪貼本放我腿上，用左手在我左臂上重重握了一下，增加我的信心。

「一定是八月的十三號。」我說：「你有註明日期嗎？」

她靈活的手指，翻動活頁。「這裡，有了。」她說。

「是不是八月十三日有一個撞人脫逃的案子？」

「是的，是的。就在這裡！」

我看看剪報資料，把它遞給善樓去看。「就在這裡，警官。」我說：「哥林達和洛杉磯之間的高速公路上，一輛車彎彎扭扭的開，擦上一輛車，失去控制，衝進巴士候車亭，撞死兩個人，沒停車，一切找這輛車的方法都試過，就是都失敗了。」

善樓說：「我自己有幾個問題。愛茜，你是這傢伙的秘書？」

「是的，先生。」

「今天這裡的一齣戲，有沒有經過預演過？」

「你什麼意思？」

「這是真的嗎？他有沒有騙我們你告訴過他有這個車禍嗎？」

「沒有，先生。連我自己也沒有注意到這車禍，我只是不斷的剪報。」

善樓轉向我，「這件事你有任何證據嗎？總不會憑空想出來，又正好運氣好，有個車禍在那裡吧？」

「我當然另外有可靠的證據。」我說：「車禍的時間應該是三點三十分，但是我有一個證人，肯宣誓作證，八月十三日下午四點三十分的時候，賀卡德的車子是絲毫無損的。這件巴士站撞人脫逃案子是六點二十分。」

「這個不在我管轄範圍之內，但是我相信交通組的人翻江倒海地希望這件案子能早日偵破。我們警察最恨撞了人開溜，更恨自己抓他們不到。這等於是鼓勵大家酒醉駕車，反正抓不到的。」

盧騋夢突然說：「等一下，賀卡德是我們保險公司的投保人，賴。他的一切作為都要我們負責的。你這樣做等於把我們從水裡撈起來，又拋進火裡去了。」

「我不是製造事實，」我說：「我發現事實。」

騋夢說：「但是你發現了我們不喜歡的事實哩。」

善樓看著他一陣子，說道：「你自己不想犯罪吧？」

「不會，不會，當然不會。」

「假如賴在這件事上是對的，我們最好能證明這件事，我要你的全力合作。」

「當然，警官。」騋夢說：「其實我只是告訴賴，他是我們僱用的，為了要救我們反而把我們陷得更深了。」

「沒關係。」善樓說：「這些反正要發生的，實際言來也不重要，重要的是犯罪的人，不能逃過法網了。」他看向我，又開始咬他的雪茄。

「怎麼樣？」我問。

「我雖然認識你很久了，」善樓說：「我對你還是不十分清楚。你一旦開始說話，總是說得像真的一樣。真要相信你了——老天，我不知道。」

善樓又看著剪報，站起來走向白莎桌上的電話，把話機拿起，撥了一個號碼，對電話說：「是宓警官在說話，我要找交通組的安組長。」

過了一下，他說：「皮爾，這是宓善樓。我找到一個線索，可以幫你偵破八月十三日，哥林達到洛杉磯高速路上那件撞人脫逃的案子。兩個人在巴士亭撞死，時間是六時二十分——酒醉駕駛。我有了個嫌犯，你們有證人可以認得出人來嗎？」

善樓聽對方講了一會，說道：「噢，請別誤會。我在辦另一件案子。我只是說可能找到了一些線索，可能對你有幫助……這樣，我等一下要回來。我會帶個人過來，你把一切準備好。」

善樓把電話掛上，看看我，搖頭說：「每次我認為捉住你了，你就想出一些特別的名堂來，不得不讓我給你一個機會。賴，假如這一次你是叫我們亂兜圈子的，你……我會叫你永遠忘記不了。你聽好了。」

善樓看看手錶，又看向白莎說：「我叫一個警官把賀卡德的合夥人麥奇里帶到這裡來。現在，在他能來之前，我又必須要先走了。等一下他來的時候，你——」

電話鈴響。

白莎拿起電話，「哈囉。」又聽了一會，轉向善樓：「他們已經來了。」

「你叫他們馬上進來。」善樓說：「我們正好可以在臨走之前，把一些事弄弄清楚。」

白莎對電話說：「帶他們進來。」

門開了，一位曾在機場見過的警官站在門口說：「進來吧，麥先生。」

進來的是愛茜公寓見過的大個子，給過我兩百五十元的那個人。

他看到我，向我說：「你這個騙子！」開始向我走來。

善樓就坐在那裡，伸出一條腿擋在他前面。

「退回去！老兄。」善樓說：「看樣子你不喜歡他，有特別理由嗎？」

「不喜歡他！」麥奇里大叫道：「這個無恥的騙子！他騙了我兩百五十元錢。」

「告訴我們，怎麼回事？」善樓說。

「也沒有什麼太多好講。」麥奇里說：「我的合夥人——」

「他叫什麼名字？」

「賀卡德。」

「好，說下去。」

「我的合夥人牽涉到一件車禍裡去，我想找一、兩個證人。我在報上登了一個廣告——」

「用你自己的名字嗎？」善樓問。

「沒有，只有一個信箱號碼。」

「好吧，說下去。」

「我在報上登了一個廣告，懸賞兩百五十元給任何見到這場車禍的證人。這個渾蛋騙子給我一封信說他看到車禍，給我一個電話號碼。他說他是一個叫卜愛茜的女人的哥哥。卜愛茜在市裡有個公寓，他是來拜訪她的。這小子說了一個很令人相信的故事，我就給了他兩百五十元錢，之後我又發現車禍根本不是這樣發生的。這小子在騙人，他根本沒見到什麼車禍。」

善樓看看我。

「你為什麼需要一個車禍證人？」我問。

「每件車禍不是都需要證人的嗎？有什麼稀奇？」

「你的合夥人是保了全險的？」

「當然他保了全險的。所有公司裡的車都是保了全險的。我們公司裡的人沒有一個人開不保全險的車子。為自己、為公司、為別人都安全。」

「你的合夥人承認這次車禍完全是他的錯誤，是嗎？」

「他承認，又怎麼樣？」

「那你為什麼還要找證人？」

「我不必回答你的問題。」

我說：「你先懸賞一百元，因為沒有人出來應徵，就把賞格增加為兩百五十元。」

麥奇里轉向善樓問道：「你是警官？」

「是的。」

「看來你在這裡主持，」麥奇里說：「我來這裡是來看你的，不是被這小子詰問的。」

「說得對。但是，我自己正好也要問你這個問題。」善樓說：「你為什麼把懸賞增加了？」

「因為我想找一個證人。」

「做什麼用？」

「這樣我可以知道到底發生了什麼事。」

「你知道保險公司已經找了一家偵探社？」

「不知道，我怎麼會知道？我只是自己想把事情弄清楚。」

「你的合夥人，知不知道你登這樣一個廣告？」

「當然，他——我想他不知道。我們兩個很要好，是一個愉快的合夥，卡德知道我會盡一切能力幫他忙的。」

「你知道賀卡德現在在哪裡？」善樓問。

「不知道，他今天沒來上班。警察一早來他辦公室整個看過了。昨晚上他辦公室被偷了。我想這和車禍是無關的，和我找證人更無關了。是嗎？」

善樓向那位警官用大拇指一指說：「把他帶出去，暫時什麼都不要告訴他。」

「噯，到底怎麼回事？」麥奇里說：「我要向你控訴這個騙子用假證據詐我錢財，你反而認為我是犯人一樣？」

善樓理都不理他，只是向那警官用大拇指向外指。

「請吧。」警官向麥奇里假客氣地說，用手輕輕扶他手臂。麥奇里想不走，警官加大了一點壓力，麥奇里跟了他出去。

善樓咬他的雪茄。

「這案子真弄得我一頭霧水。」盧騋夢說。

善樓說：「起來，小不點，我們走吧！」

第十章　唯一有價值的證人

洛杉磯總局交通組組長安威廉，親自陪了我們去拜訪曲太太。曲太太伊絲是那件撞人脫逃車禍案唯一有價值的證人。

善樓對安組長說：「皮爾，能不能由我來發問？我在辦的案子比車禍案重要得多，是一件謀殺案。」

「請便，」安組長說：「這件案子我自己也已經有了相當可靠的線索，只是目前不便公佈出來。你儘管請便。」

宓警官按門鈴。

曲伊絲太太在曲先生過世後一直自食其力，是勇敢、健壯，大概五十出頭不多的女人。她戴眼鏡，敏感，但是十分得體。

安組長把他自己立場說明，又替我們介紹。

善樓說：「打擾你很抱歉，我們來是談八月裡那件撞人脫逃的案子。」

「但是，這件案子我已經對你們說過十幾遍了。」

「這次又要勞駕你再說一遍。」善樓有禮地說：「因為我不想聽別人轉述的。我們有一個線索，可能是找到了頭。」

「我真高興聽到你們能這樣說。」她說：「這是我見到最不合理、最不像樣的一件事。令我作嘔，令我做了幾個晚上惡夢。」

「請你再說一次，告訴我們。」

「我可以再說一次沒問題，只要能幫助你們就好。進來坐吧！」

她居住的公寓式房子佈置得很舒服，像個家，廚房裡出來的是美味的香味。

她把廚房門關上，說道：「對不起，我在滷一點肉，味道重了一點，不知道有人會來。」

「沒關係，我們一下就走。」善樓說。

「噢，不是這意思。你們坐沒關係，我是說這裡味道太重了一點。」

大家坐定，曲太太說：「是下午六點半左右，是公路交通尖峰時間才過去。我是向洛杉磯方向在開車，那輛車在我後面。

「我有習慣不斷自後照鏡看後面，目的只是看後面有什麼車，是不是有車要超車。我相信每個人都應該這樣，不但注意前面的，而且要注意後面的車，這樣萬一要緊急煞車的話，可以知道後面的車會不會撞上來。

「老天知道，我給別人撞過。」

善樓同情地點點頭。

「我看到那輛車的時候，他還在很遠，但是我知道，開車的人一定喝醉了，這一點是絕對沒有問題的。那男人喝醉了酒。」

「能形容一下那輛車嗎？」

「這件事我最有困難了。」她說：「我只能說這是一輛大車子，新式，深顏色，發亮的車子——不是老爺車子，是新式的大車子。」

「車子在彎彎曲曲蛇行？」

「絕對是的。他先是差一點和一輛車擦上，然後是真的和一輛車擦上，把那輛車撞到路旁，差點翻掉。我自己對自己說，老天，這傢伙都不知道自己在幹什麼了。我還是讓他，躲得遠一點，於是我把自己車慢下來，開到路肩去。

「我才差不多要停住，他轉向慢車道，像是直撞我車後而來，差不多撞上的時候，他向外一掃又掃過頭了，馬上掃回來。他的車尾就刮到我的車頭，不太嚴重。就這一來，他的車就完全失去控制。他向左又扭了一下，但是扭回右邊來的時候，又扭過頭了，直接撞進了在等巴士車的人群。」

「你有沒有看到他車牌？」善樓問。

「老天，沒有。我忙著處理自己的車子不要被撞到。我也差不多控制不住自己車子，所以沒時間看他的車牌。他刮到我車頭後，我反射地向外又拐出了一點，撞上了公路邊的護欄，我只好停車。我全身都在抖，我嚇昏了。」

安組長說：「下次再有機會，或是正式請你上法庭作證的時候，曲太太。這一段，有關你全身都在抖和嚇昏的事，千萬不能說出來。因為有些狡猾的律師會說你當時在歇斯底里狀況，你不知應說什麼，看到什麼。」

「我沒有歇斯底里。」她說：「我受驚是有的，我受外力的衝擊——但是沒有歇斯底里——至少沒有變神經病。」

「你對這輛車，除了知道它是大車外，不知道其他的？」

「我對車知道不多。」

「他還是刮到你的車了？」

「是的。」

安組長說：「我們從她車的前保險槓取下了那輛車的油漆，經過分光儀鑑定和其他化驗，證明是來自別克的新型式車。」

「那是賀卡德的車。」我說，「他的車是別克的新型車。」

善樓把眼睛起來，「對這輛車。你有沒有一點記得起來的特點？再想想看，有沒有任何和別的車不同的地方？」

「沒有，」她說：「我一點也記不起那輛車，但是我好好的看清楚了那車裡的人。」

善樓突然坐直起來：「你看清楚了那開車的人？」

「是的。」

「怎樣一個人——在開車？」

「他有點——他是一個大個子男人。西部帽子，有留小鬍子。我看得很清楚，修得整齊的小鬍子。穿了一件斜紋綿織的上裝，就是那種牛仔、森林管理員、獵人穿的不容易破的戶外衣服。」

善樓和安組長交換了一下眼神。

「假如你看到他照片，會認得出來嗎？」善樓問。

「我不能肯定。從照片認人本來不容易，有側面的照片，我也許可以認得出來。」

「假如再看到這個人，你想你會認得出來嗎？」

「我想可以的，他的樣子始終在我腦子裡。」

善樓說：「曲太太。有一個不情之請。我們有個人，想請你看一下，這個人——老實說，是在殯儀館裡。我知道這對你是過分了一點，但是你要肯看一下，對我們十分重要。」

「死人我不怕，」她說：「我願意看。」

善樓從口袋中拿出一張照片說道：「我現在先給你看一張男人側面的照片。你看之前有一點先要弄清楚，我不要你有先入為主的概念。千萬不要因為見過這張照片，之後去看那個死人，受照片的影響，以為是你見過的男人。你見過的是你見過的，死的是死的。照片雖然是那死人的，但不要混為一談。知道嗎？」

「懂了。」

善樓給她一張側面相片。

她看著相片說：「嗯，是的，我想是這個男人。至少他很像。」

善樓把相片收回，放進口袋，說道：「我看要麻煩你跟我們去一次殯儀館了。曲太太，一下就回來，我和你一起去，會請一位警官開車送你回來。」

「沒關係，你什麼時候想要我去？」

「現在——當然是假如你可以的話。」

「可是可以，但是我正在滷點滷菜，我——」

「能不能請鄰居代你看一下？」善樓說。

「喔，」她說：「也沒有那麼要緊。我把火關掉，回來再繼續不會影響的。不會太久吧？」

「絕對不會。」善樓保證。

她說：「一分鐘就準備好。」

她走進廚房。宓警官和安組長又交換了一個眼神。

「我自己曾經賭過咒，一定要把這個主兇找出來。」安組長恨恨地說。

善樓看看我：「你這狗娘養的，算你運氣。這一次你要是能逃得了，那真是鴻福齊天。」

「我並沒有要逃掉什麼東西。」我告訴他：「我只是幫你們一個忙而已。」

「幫我們忙！」善樓搖搖頭：「這是你的一貫說法，嘿，幫我們忙！」

我們開車去殯儀館。兩位警官坐前座，曲太太和我坐後面。

「賴先生，你和這件事有什麼關係？」曲太太問我。

「賴是個私家偵探。」善樓回頭代我回答：「他在欣賞你替他在做事。至於他自己心裡想的，誰也摸不透。」

「喔，我懂了。」曲太太說：「我只是禮貌上問一下而已。」

「真抱歉，你知道我們這一行。」善樓說：「我們有時候不得不把嘴閉緊。」

「噢，我知道，我真的懂，你不必解釋。」

她不再問問題。

我們到了殯儀館。善樓說：「小不點，你在外面車裡等，我們不要你這樣好腦子的人到裡面去亂攪和。」

他們進去了十五分鐘左右。他們出來的時候，善樓一直在搖他的頭。

「善樓，怎麼樣？」我問。

「怎麼樣？」善樓說：「你知道怎麼樣。她指認了——不是個百分之百的指認，總算也是個指認。

「她從側面看了一下那小鬍子就認為是這個人，她認定的不是人，是小鬍子——任何一個律師一詰問，她都會承認，她認的是小鬍子，不是人，不過這總是一次指認。」

「她說她看到的男人喝醉了。她說他眼泡皮腫腫的，眼皮有點下垂。說他坐在駕駛座上呆呆的，但是她仔細看了他一眼，尤其是那小鬍子。小不點，你和我兩個都知道，該死的小鬍子不知使世界上造成多少誤認。雖然如此，總算還是一次正式的指認。她說是這個人，至少鬍子很像。」

「我們要送她回去？」我問。

「我們不送她回去。」善樓說：「我們請一個警察送她回去。還有件事，小不點。要是你給我捉住你過後去和她談話，影響她的證詞，我會把你打入十八層地獄，叫你根本不知道是白天還是黑夜，叫你除了白飯鹽水外什麼也沒得吃。我實在已經受不了你，每次鑽進我的案子裡來窮攪和，等於要我自己來看牢你。

「我們警察要應付不少民意，又有辦公室的常規工作，花盡了力氣才能漂亮地破幾個案子。你這個小不點東戳一下，西搞一下，跑到我們前面變隻兔子出來，我不太喜歡這樣。」

「據我看，」我說：「現在我們要去拜訪戴薇薇了。」

「多有天才呀！」善樓揶揄地大聲說道：「怎麼能想得出這樣好的一個步驟來？真天才，賴。你看，雙方都自認有一個車禍，只有你竄出一個鬼主意，說根本沒有車禍，車禍是用來掩護撞人脫逃的，竟然還有一個證人證明你是對的。現在你又推理推出來，我們要去拜訪車禍的當事人。真了不起。真聰明。」

「你也不必那樣諷刺。」我告訴他：「真如曲太太說過的，我只是禮貌上問一下而已。」

「那倒不必。」善樓把雪茄咬進嘴裡一點。

「我也感到這並不合乎你的胃口。」我告訴他。

「什麼不合我胃口？」

「對你禮貌。」

「你他媽說對了。」善樓說：「坐穩了。我們要去拜訪戴薇薇。尤其我們一定要在某些好管閒事的人通知她之前，趕快去看她。一旦她閉上嘴，或是請了個律師，就不好辦了。」

第十一章　認錯人

戴薇薇自己應聲來開門，她把門打開一條縫，看出來，看到了宓警官，「喔。警官。你好。」她說：「老天，我正在穿衣服——喔，唐諾也來了。事情都解決了嗎？」

「我們想進去和你談談。」善樓說。

「我——我抱歉，我現在的樣子見不得人。我正在穿衣服。」

「穿件罩袍好了。」善樓說。

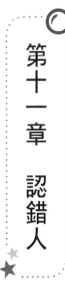

「我有穿罩袍呀！」

「那有什麼關係？」善樓說：「開門。我們只要幾分鐘。」

「我還是覺得不能見人。」

「我們不是來選美的。」善樓說：「我們是來辦謀殺案的。」

她噘起嘴來說：「漂亮的男人來看我的時候，我希望我完全打扮好了，看起來也漂漂亮亮的。既然你們——就進來吧。」

她打開門，我們進去。

宓警官用他那濕兮兮的雪茄，指向一張椅子。「你坐這裡。」他說：「我們一分鐘就好了。」

她坐下來，穿在她身上又輕又滑的人造絲袍，從她一隻大腿上滑下來。她做了一個無奈的手勢，用兩根手指把落下去的袍襬，拉回腿上來，蓋住她的大腿。

「現在懂我的意思了嗎？」她問。

「什麼？」善樓問。

「我說我沒有穿好衣服。」她說。

「不懂。」善樓說。

她想說什麼，看看我，笑笑說：「唐諾懂得。」

「好吧，」善樓說：「我們廢話少說，我要知道車禍的事。」

「老天！怎麼又來了？我說過幾十次了。」

「什麼時間發生的？」

「你聽清楚了。」她說：「我對時間不能太確定。」她把眼睛望下看，用左手的大拇指摸著右手的大拇指，接下去說：「是下午，應該是……我真的說不上來。

我一直在想那天做了些什麼事。我就是想不起確切的時間來。你看，警官，我真的嚇了一大跳，而且那個時候我根本不知道我已經真正受傷了。我開始開車回我的公寓。進了門，不知什麼時候完全昏倒了。醒回來的時候，我在公寓裡，但什麼也記不起來——當然，我馬上知道我一定受了傷，而且不輕。不過我沒有想到會嚴重到——至於昏倒，我還認為是太緊張的關係。」

善樓說：「戴小姐，我對你開門見山問一句，希望你老實告訴我。到底有沒有車禍？」

「有沒有車禍？」她重複他的問題：「你什麼意思？當然有車禍。」

「我只要知道，賀卡德有沒有真的撞了你的車，還是謊報一個車禍，為了別的事情？」

「為了別的事？你什麼意思？」

善樓說：「我們有證據顯示賀卡德涉嫌撞死人脫逃，他的車頭撞壞了。我們懷疑你和賀卡德串通好，由他把你的車在別的地方故意在車尾上撞一下。他可以逃掉撞人脫逃的刑責，你可以向保險公司聲請保險費——」

「你在亂扯什麼呀？車禍的確像我講過的發生過。我絕對不會為保險費去欺騙保險公司，在賀先生把車撞到我車之前，我也根本沒有見過他。第一次看到他名字，是我們交換看駕照的時候。」

善樓看看我，問道：「你有什麼問題嗎？小不點。」

我說：「戴小姐，你向保險公司聲請給付，聲請書是什麼人給你寫的？」

她從頭到腳掃了我一眼，突然改變了她的態度，「這和這件車禍，或其他任何事沒有關係。」她說：「尤其和你無關，賴先生。」

我說：「我再問你另外一個問題，你以前有過另外一次車禍的經驗嗎？」

她看向宓警官，說道：「我有義務要坐在這裡乖乖回答這些問題嗎？你不是說你要調查謀殺案嗎？我以前有過一千次車禍，又與你有什麼關係呢？」

「他只是問問而已呀。」善樓說。

「我也只是回答而已。」她說：「這和他沒有半點關係，警官，我想我不能整個下午不穿衣服來回答你們這些傻問題。我今天還有約會，我要開始穿衣服。我要使自己出去的時候能漂漂亮亮。」

善樓說：「我們不是對你有任何不滿。但是你知道，一旦和謀殺案扯上關係，就很難脫手。這樣好了，我只問一個問題，你有沒有請私家偵探替你辦事？」

「老天！沒有。」

「替你跟蹤盧騋夢，那統一保險公司的職員？」

「沒有，我告訴你，沒有，沒有，沒有！一千次沒有！我沒有請任何私家偵探。現在你們兩位能不能請了？」

電話鈴響。

她走向電話，把電話拿起回話，沒有去抓住罩袍，罩袍分開，她裡面只有內衣。

善樓看看她，又看向我，他說：「你還有問題問她嗎？」

「當然，」我說：「你根本還沒有試一試哩。你以為要別人招供那麼容易？你幾時見過這樣輕描淡寫一問，別人就會老實對你說，他是和人串通好來騙保險公司的？尤其現在這案子變成謀殺案了。你以前問案有過那麼容易的嗎？」

善樓說：「這件案子裡有些東西我看起來不太像真的。我不喜歡，我們冒險太大。」

戴薇薇說：「警官，這個電話是給你的，是交通組的安組長。他說要你立即聽電話，是十分重要的大事。」

善樓走過去，拿起電話，把雪茄轉到嘴巴的另一面，說道：「是宓善樓……請講。」

他靜聽了一陣，然後說：「真的？有這種事？」

對方又餵過來很多的資料。

戴薇薇看向我，瞄了我一陣，裝出一些笑容說：「我希望你會沒有事，唐諾。」

她扭動一下，改變坐姿，又一次罩袍自大腿褪下。她嫻雅地把它拉回去，嘴裡說道：「我非常同情你，假如我能為你做點什麼——合法的事……」

宓警官把話機摔回電話上，對我說：「好了，小不點，我們走。」

我說：「我還有些問題——」

「我們走！」

善樓轉身向戴薇薇說：「我實在抱歉我們這樣闖進來打擾你，戴小姐。但是，我們時間有限，而且這是件重要的事，我們只希望你能接受我們的道歉。」

「沒有關係，警官。」她說：「隨時歡迎，下次你們來，假如我不像今天這樣完全沒有穿衣服，我會請你們一起喝點酒。」

我說：「我還要問一、兩個問題，我——」

宓善樓抓住我的手臂，毫不給機會地把我推向門口。

她看我們走出門，做出一個笑容，把門關上。

「你和你的狗屎推理。」善樓說。

「又發生什麼事了？」我問。

「我告訴過你那小鬍子的事。」善樓說：「渾蛋的小鬍子！假使我有小鬍子的話，我在進汽車之前一定把它剃得乾乾淨淨，即使一定要用電鋸來鋸，我都鋸掉它。」

「你又發什麼神經了？」我問。

「認錯人了。」

「誰認錯人了？」

「那個曲太太。」

「她怎麼啦？」

「安組長早就告訴我，對那件撞死人脫逃的車禍，他自己有了個相當可靠的線索。你記得嗎？他說目前尚不願把事情弄穿，是因為他不願在一切成熟之前打草驚蛇了。但是經我們今天一攪和，曲太太這樣一指認，安組長認為應該把這件事做個結束，所以他就和嫌犯攤牌。你猜怎麼著？」

「我什麼也不知道。」我激動地說：「是你在講故事。」

「告訴你沒關係，小不點。」善樓說：「撞死那兩個人的汽車根本不是賀卡德在開的車。是一個姓溫的，在開一輛新型的別克車，開車前在一個聚會灌了不少雞尾酒。他的車撞壞不多，他以為別人找不到他，所以他穩到。要不是今天我們弄出賀卡德來，可能安組長要再收集些資料才敢直接去他那裡。但是今天這樣一來，安組長就親自去攤牌了。」

「結果怎麼樣？」我問。

「他招了！」善樓說：「什麼都招了。他說他的良心啃嚙他已經很久，所以安組長才一開口，他就什麼都招了。姓溫的傢伙哭得像小孩，說他自己也不知道怎麼會做這種事，說這件事對他家庭影多大，說他自己上車前不知道自己多醉，說他是懦夫，沒敢面對現實，反正一大堆的話。」

「和賀卡德長得像不像？」我問。

「相當的像。」善樓說：「兩個人都是大個子，都有小鬍子。這傢伙戴德州帽，穿斜紋布料上衣──這就是你的鬼推理，害我上天入地的窮忙一陣子。

「唐諾，你這鬼東西小不點，如果你吃飽了飯只管你自己的事，讓我們警察依照我們的常規來做調查工作，你可以替自己省掉不少麻煩。我也可以消化好一點，不要跟著你瞎起勁。

「走吧，你還是早點跟我回總局去吧！」

「我能不能再給你一個建議？」

「不行，」善樓又冷又硬地說：「我對你和你的推理已經一點興趣也沒有了。你是這件謀殺案的主要嫌犯。你現在跟我回總局，假如地方檢察官同意，你就關進看守所，再有多少嘴，也沒有辦法把你自己說出來。」

我說：「我不知道飛天私家偵探社給你什麼好處，但是我總會查出來的。逢年過節給你送禮？」

「你在說什麼？」善樓生氣地問。

我說：「飛天偵探社不是也混在這件案子裡嗎？而你置之不理，故意放他們一馬。假如柯賴二氏像他們那樣，你還不是火冒三丈，早就——」

「喔！不要談了，你這個人有搗亂狂。」他說。

「也許我是，」我告訴他：「但是有一點非常明顯，飛天偵探社也在調查賀卡德的車禍。天知道他們調查出什麼，當然他們不會拿起電話向你報告。

「你儘管依你的意思，給他們方便。下次，我們有什麼消息，你休想從我們這裡得到一點點——」

善樓又恨又氣地咬著他的雪茄菸尾，過了一陣，他說道：「小不點，你有沒有想到過，對你而言，再也沒有下次了？在四十八小時之內，你會被起訴謀殺罪，你想從這種情況掙扎出來，真是談何容易。

「我承認這件案子有不少地方目前看來有點對不上頭，然則在開庭之前我們會把各種證據兜攏起來。以我個人來說，我不認為你殺死賀卡德。但是你的確把自己的頭伸出去太多，而且我不相信陪審團會相信你幹了那麼多奇奇怪怪的事，不是為了自己私利，單純為辦案。」

善樓想了一會，又對我說：「講的都是事實，希望你不介意。」

我說：「我無所謂，只要你記住一件事，飛天偵探社也在調查這件車禍，但是你沒有理會他們。」

「你老提這一點，到底有什麼花樣？」

「我給過你警告，」我說：「我要在庭上答辯的時候，我另外會給你書面的資料，一點也不會保留。」

「換句話說，你要提出來我並沒有──好，沒關係，我燒的是市政府的汽油。你想去一次飛天偵探社，我們就去一次飛天偵探社，省得你嘰哩咕嚕沒個完。」

我舒服地靠向車座，輕巧地說：「我也正想看看，你對別的私家偵探社客氣到什麼程度。」

「你會看到的。」他獰笑著說。

第十二章　撞車脫逃另一宗

飛天私家偵探社的社長雲飛天，不是很熱誠地接見我們。

「我們是有公事來的。」善樓說。

「所以你帶了一個我們的同行冤家來旁聽？」雲飛天問。

「不要這樣說。」善樓告訴他：「一切由我負責。我今天帶他來，因為這件案子中他知道不少，可以省我們很多時間。」

「也許我們會談到很多他想知道的。」雲飛天說。

「不要浪費時間。你曾經派人跟蹤賴唐諾。」善樓說：「是怎麼回事？」

「我認為我們沒有討論這件事的必要。我也沒有承認我們跟蹤過賴唐諾。」

我說：「飛天，我們換個方式講。你們派人跟蹤住在哥林達，米拉瑪公寓的厲桃麗小姐。當我出現在附近，和厲小姐混熟之後，你們就跟蹤我。」

「我沒有義務回答你的問題，這一點希望大家瞭解。」飛天說。

「好。」善樓把臉拉長：「你有回答我問題的義務。我來問你，你們有沒有跟蹤厲桃麗？」

「這要看你對跟蹤是什麼解釋——」

「你懂我什麼解釋，」善樓說：「你現在只要回答有或沒有，而且希望你回答得快一點。」

「有的。」飛天說。

「你對她停在公寓附近的汽車加以監視？」我問。

「你講話我聽不到。」飛天說。

「我來講好了，你聽得到嗎？」善樓問。

雲飛天說：「是的。」

「好，你的客戶是誰？」

「這我們可以不必暴露。」

「我認為應該講出來。」

「我不認為。」

「你應該知道，」善樓說：「這件案子現在和謀殺案有關了。」

「謀殺！」雲飛天叫喊道。

「是的，謀殺。你聽對了。」

「誰被謀殺了？」

「賀卡德，你認識他嗎？」

「他……在案子裡只是出現過，提起過而已。」雲飛天現在變得非常小心，用字也特別注意起來。

「很好。」善樓說：「我認為知道什麼人是你的客戶，會對本案的調查有幫助。我要知道是什麼人僱用你們的。」

「請你等一下。」飛天說：「我去拿紀錄。」

他走向檔案櫃，拿出一個封套，打開來，看了一些文件，把文件放回封套，把封套放回檔案櫃，站在那裡發愣。

「我們在等你的回答。」善樓說：「你應該知道，對謀殺案來說，警方希望私家偵探主動的合作。」

「柯賴二氏私家偵探社，給了你多少主動合作呢？」雲飛天問。

「我要多少就有多少。」善樓說，然後笑一笑又說：「而且要得少，給得多。」

「好，我告訴你。」雲飛天說：「我們僱主，只是鹽湖城的一個電話號碼。服務費是付現鈔的，而且要我們隨時用電話報告進度。報告只要告訴這個號碼隨便哪位接聽的人，都可以。」

「你說你沒有查問過這個電話？」善樓問。

「當然我們查問過這個電話，你認為我們那樣天真嗎？是旅社公寓裡的電話，公寓是一個叫鮑仕佳的租的，沒有人知道鮑仕佳任何資料。鮑仕佳預付了一個月房租。我們報告的時候，有時男人聽電話，有時女人聽電話。

「我們監視了厲桃麗一個星期，可以說是監視她公寓，實際是監視她的汽車。只要她進進出出，我們記下她去哪裡、來回時間等等。

「後來，賴插了一手。我們就向僱主報告。賴和她建立了關係，進了她的公寓，我們也做了報告。對方突然要我們全部放手，把報告寄去，立即結束一切活動。」

「你把報告寄去鹽湖城的公寓嗎？」善樓問。

「不是，我們奉到指示，報告寄哥林達市，郵政局，留交鮑仕佳自己去拿。」

「嘿，」善樓說：「怎樣付你錢呢？」

「我們一開始，從郵局就收到現金訂金。訂金到結賬時尚未用完。對方叫我們小心找回去，結賬了事。」

「換句話說，」善樓道：「賴一開始工作，他們就怕了，馬上退縮了？」

「我怎麼會知道！」雲飛天說：「我只知道發生的事。而且我都告訴你了。」

「是什麼人告訴你，叫你結案的？男的還是女的？」

「這一點我記得很清楚，是個女的。」

我說：「警官，像這一類指示，他們一定會自我保護的。」

「你什麼意思？」

「偵探社會請她稍等，他們打開錄音機，叫她再說一次。他們有她的錄音。」

善樓看向雲飛天。

雲飛天對我說：「我真的不在乎你早死幾分鐘。」

「早點晚點不關你事。」善樓說：「目前，我的興趣在你到底有沒有錄音？」

「我們有錄音。」

「讓我聽一下。」

「你堅持這一點的話，我給你聽，但是賴唐諾沒有這個資格。我們沒有義務把僱主的資料交給同行冤家，尤其這傢伙也在這案子裡面。再說——」

「沒錯，我堅持要聽。」善樓說：「我現在自己有點知道了。唐諾，你自己出去散散步，要回辦公室也可以。反正我要找你容易得很。千萬不要想開溜，也不可以離開市區。」

雲飛天的臉色開朗，幸災樂禍地說：「唐諾是嫌疑犯？」

「當然是嫌疑犯。」善樓說：「我現在放他出去，等我聽完你的錄音，他可能又再鑽進這件謀殺案攪得天翻地覆。不過我保證，他自己反正越攪越糟。」

雲飛天突然客氣起來，他說：「警官，這裡請。我把整卷錄音帶都放給你聽。老實說，那次電話是全部錄音的。從我們開始報告賴唐諾進入本案，對方通知我們立即停止再監視、要我們結案、要我們把終結報告寄哥林達郵局留交鮑仕佳親自收取、要我們不必退回多餘的訂金，都在錄音帶裡。」

善樓把雪茄自嘴中取出，「滾吧，小不點。」他對我說：「我要找你的時候，我會來找你的——說不定會很快。你要有什麼事辦，還是快點辦為妙。」

我找了輛計程車送我回辦公的地方，推門走進接待室，我對內部總機小姐點頭說道：「暫時不要告訴白莎我回來了。我要——」

「但是她關照過，萬一你回來一定要先告訴她。她說你一來她就要見你。」

「好吧！」我說：「通知她，我現在進去看她。」

我經過描金漆著「柯氏——私人辦公室」的門，柯白莎剛把電話放下。

「回來就好，唐諾。」她說：「結果怎麼樣？」

我說：「地裂一個洞，天倒下來壓我身上。」

「你推理出來的故事怎麼樣？」

「飛掉了，吹破了。」我說：「有一度還是很有希望的。」

「不是那麼回事嗎？」

「不是。」

「對你有什麼影響？」

「影響可大啦！」

「善樓在幹什麼？」

「聽飛天私家偵探社吹牛。」

「吹什麼牛？」

「他們有一卷錄音帶，善樓要聽。不管什麼人在僱他們工作，因為知道另有一家偵探社也參與工作了，就懼怕起來，叫飛天偵探社立即停止調查，結賬，結案。」

「為什麼？」

「這就是我不懂，希望能想出道理來的。」我說。

「你的毛病就是想得太多了。你想出一個理論，告訴宓善樓，理論垮台，你跟著垮台。你為什麼不像飛天偵探社一樣，監視公寓，監視汽車，打打報告，拿固定的出差費，就不會弄到現在這種焦頭爛額。

「警察有沒有說，賀卡德的屍體怎麼會到我們公司車的行李廂裡去的？」

我說：「他們認為我有一個同謀。」

「鬼！」白莎說：「賀卡德那麼重，你的同謀想來一定是身體健壯，力大如什麼人又會跟你混在一起，不怕揹謀殺案的罪名呢？」

我直視她的雙眼說：「你！」

「我！」白莎大聲叫道。

「你。」我說。

「你在說什麼？」

我說：「我在說警察的想法。他們一旦拘留我，就要把案子做在我身上，想到我一個人不可能把屍體搬出來，自然會想到你。你有兩個條件，身體健壯、力大如牛。」

「他奶奶的。」白莎生氣地說。

「那就是目前他對我們的看法。」

白莎說：「曲太太指認得如何？」

「她指認賀卡德，但是指認錯了。」

我說：「警察已經捉住了撞死兩個人的駕駛。那件案子和賀卡德根本沒有關係。曲太太指認人，認錯了。她不是在認人，是在認小鬍子。」

白莎把她短而肥的手指在辦公桌上敲著鼓，手指戒指上的鑽石，跟著閃爍發光。

「這個渾蛋案子！」她說。

我想想自己都笑了，我說：「這可是你選來的案子，記得嗎？是你夢寐以求的正派工作，你已經討厭我喜歡的間不容髮、剃刀邊緣的案子了。」

「現在宓善樓在哪裡？」

「飛天偵探社。」

「你給我滾回自己辦公室去。」她說：「我要打電話給善樓，他要是還在想那個有同謀的理論，我把他辦公室拆掉，我把他——」

「記住，」我告訴她：「他們偵探社進出電話都有錄音的。」

我走出她辦公室，臨出門望了她一下。她坐在辦公桌後面，嘴巴張得很大，生氣得話也講不出來。

卜愛茜在辦公室耽心著我，看到我渴望地說：「找對了吧？」

我搖搖頭，「沒有找對。」我說：「豈有此理，應該是這樣的，所有的現象都說得過去。但是——」

「為什麼不對頭，唐諾？我認為——」

「因為有一個姓溫的，是他開車撞死了兩個巴士亭候車的人。他良心發現了，警察一找上他，他招供得唯恐不夠詳細。」

「招供謀殺案子？」

「不是，不是。」我說：「招供撞人脫逃。對那件案子你可以劃掉了，案子破了。」

「喔，唐諾。」她說：「我又要替你擔心了。」

她雙眼表示同情，已經在落淚邊緣了。

我說：「愛茜，對我同情現在沒有用了。我一定要用腦子殺出一條血路來。」

「我能幫忙嗎？」她問，聲音裡充滿了真正希望能幫忙的熱誠。

「我不知道。」我說。

「唐諾，你要叫我找十三日下午撞人脫逃的案子，我一說巴士亭撞死兩個人，你就吃住不放，不容我開口，但是實際上那一天，一共有兩件——」

我一眼看向她，嚇得她不敢再說下去，我把她自椅中拉起，用我手抱住她的腰，在辦公室跳起舞來。

「唐諾！」她怪叫道：「你幹什麼？」

「愛茜，」我說：「妳是我的救星。」

「怎麼啦？」

「我這個大傻瓜，大笨蛋，實在應該拿根棒球棒一棒打破腦袋才會開花。」

「大傻瓜？大笨蛋？」

「見了風就駛船，也不問問當天是不是還有別的。愛茜，快說，另一件在哪裡？」

「另一件有點像花邊新聞。」她說：「不是很嚴重，但是是撞車脫逃——」

「在哪裡？在哪裡？」我問：「快說呀！」

她說：「這一件是簡單的，是哥林達市警察局警長。有人從邊上撞了他車一下，把他撞進了水溝，然後拚命逃跑了。」

「哥林達警察局警長？」我說：「真妙，是什麼名字？」

「我得看一下。」她說：「做一個警官，他的名字很奇怪。我記得有點像電影明星，是叫——等一下，田小龍，是的，田小龍。

「唐諾，你要知道，被撞下溝去的不是他的私家車，是他的公務車，是市府給當地警長專用的警車。出事的時候又因為事出突然，我們的小龍警長毛手毛腳一心只想保護警車不要翻車，所以除了知道撞他的是一輛大車外，其他什麼也沒有看清。我相信他說過是輛別克車，但是他沒有車子的車牌號碼，市議會對他批評很多

——」

「寶貝，」我說：「夠了。你說這也是發生在十三號？」

「十三號，是的。」她說。

「幾點鐘？」

「五點半。」

我把她拉近我身旁，在她額上吻了一下，「愛茜，」我說：「你真了不起，你救了我一命。你是世界上最好的寶貝。你是糖蜜、蜂蜜、糖精、白糖和紅糖的混合品。假如有人來找我，統統告訴他們滾遠一點。」

我一陣風走出辦公室。

第十三章　哥林達警察局警長

我見到田小龍的時候，他正準備關上辦公室，下班回家，算是一天工作完畢了，但是他的情緒不見得很好。

「我只能給你極短的時間。賴先生。」我給了名片後，他不高興地對我說：「我已經晚了。我今天在忙那件賀卡德的案子。但是太太在家裡請客，客人已經到了，在喝雞尾酒，要等我回去開飯。我已經晚了，太太有點不高興了。

「再說，我從行政司法長官辦公室和洛杉磯警局來的消息，你也混在這件賀卡德被殺案裡。所以我必須警告你，你說的任何話，都可以用來對付你的。我要你瞭解，我對你個人沒有好惡。也感謝老天，賀卡德的案子並不在我的責任管轄區，已經在哥林達市的市界之外了。現在是由郡行政司法長官辦公室和洛杉磯大都會警察在會辦。這都是依據屍體發現的地點來決定管轄的——沒有人知道第一現場在哪裡。

「我把一般狀況都告訴你了。現在我問你，你找我有什麼事？」

我說：「我找你的事和賀卡德的案子無關——至少沒有直接的關係。」

「好吧，那是什麼呢？」

我說：「你的車不久前被人側面撞了一下，你開進了溝裡去——」

他的臉突然紅了起來，他說：「賴，這個問題我已經懶得再談了，你也不必再引起我的不愉快了——」

「我認為我可以幫忙你解破這件意外案子。」我說。

他慢慢地看向我眼睛，「你想你能找到這是什麼人幹的好事？」

「我想『你』能找到是什麼人幹的好事。」我說：「我只是給你一個線索。」

他的臉突然輕鬆了。他走向辦公桌，拿起電話，撥了一個號碼說：「哈囉，太太。我這裡發生了一件緊急事件……是的，是的，我知道……你先招待一下。我可能會晚一點回來……好了，親愛的，警察嘛，沒有辦法。」

他把電話放下，安心地坐在椅子裡，「坐下來，賴。你不要客氣，坐下來。現在你告訴我吧。」他說。

我說：「警長，我就直接把知道的都告訴你。」

「這也是最好的方法，請吧！」

我說：「對於八月十三日到底發生了什麼事，我有一個想法。我曾經把這個概念告訴洛杉磯警方。宓善樓警官和我一起調查，一度我們以為中了頭獎了，然後我們發現不是那回事，他就離我而去了。他連整個概念都不相信了。」

「假如那件事使他在同仁中出了醜，就不能怪他了。」

我說：「一共兩條路在前面，偏偏我們選錯的那條路。」

「哪一條是對的路呢？」

「你是對的路。」

「賴，你說要一切實說的，不要兜圈子。」

「好。」我告訴他：「我實說，賀卡德在八月十三日出了次車禍。他向保險公司報告，他的車撞上了一輛戴薇薇所駕跑車的尾部。戴薇薇住米拉瑪公寓，車禍完全是賀卡德一個人的錯。他的車頭凹進去，水箱破了，但是仍能開動。薇薇的車子損傷微乎其微。

「車禍案裡有很多因素看起來怪怪的，不合常理。我發現賀卡德報告車禍發生在八月十三日下午三時半，但是他的車在四點半的時候根本沒有損傷。我想沒問題薇薇的車是在那天下午三點半前損傷的。厲桃麗是薇薇的朋友，她在當時見過她的車，看到車尾受損了——不嚴重。但也很明顯。」

「說下去。」田小龍說。

我說：「紀錄說明哥林達那個位置在第二天之前根本沒有人說過有什麼車禍。」

「根據以上種種，我得到一個結論，賀卡德一定是在那天傍晚喝了酒，撞了人，沒敢停車脫逃了，但是又怕被逮到，所以和他女朋友戴薇薇講好，既然戴薇薇車子也壞了，兩個人謊報一次車禍，戴薇薇可以由保險公司付修車錢，並且領受傷的保險金，賀卡德也可掩護撞人脫逃的罪。」

警局警長田小龍的臉上浮出了笑容，「除了推理，有什麼實際證據嗎？」他問。

我說：「我認為有不少，有證人說賀卡德的車在四點半還沒有壞，又有證人說戴薇薇的車三點半就已經壞了。那麼，這場車禍首先一定是虛報的。」

「為這件事賀卡德會被謀殺嗎？」

「我不知道。」我說：「我想賀卡德開始的時候無意讓他女友大敲保險公司一筆，弄什麼脊椎受傷的。我想戴薇薇一旦提出這種聲請，他知道自己也混進了刑事欺詐了，等於是故意偽造車禍，詐取保險了，也許他感到危險，想退出了。尤其當他發現保險公司也對這件車禍發生疑問的時候，他更慌了。戴薇薇的聲請保險金是有人在幕後教唆進行的。那些人看到這一環要垮了，會放過他嗎？」

「你說戴薇薇怕他說出來，所以殺了他滅口？」

「我不知道什麼人謀殺了他。」我說：「謀殺也許和車禍無關，但也許是休戚相關的。我的興趣是把整個事實弄清楚，你的興趣是把撞你車的人找出來。」

「你說得很對。」他說：「我的興趣是不惜代價要把那撞我車子的人找到，這件事已經成為我的笑柄了。我找不到他，可能連職位都要丟了。」

「能告訴我發生的情況嗎？」

「當然。」他說：「我在街上開車回家，看到這輛車在後面，我不喜歡他開車的方法，起先我沒有想到開車的喝醉了，只認為他不該故意蛇行。我把車開向路邊，等那車上來時立即揮手請他停車。我也許看看他駕照後嚇嚇他算了，也許給他吃張罰單。

「但是他非但沒有停車，反而改變方向直向我過來，撞上我的左後側，一下把我撞進路邊排水溝裡去，然後他的車擦過我的車，逃掉了。

「我等於是被鏟出路面的，我以為會翻過去了。我在方向盤後面掙扎一秒鐘，希望車子不要離開路面。車子左後胎在撞上的時候已經破了。在這種情況下，我沒有辦法再去追他。我也沒有來得及看是什麼車。

「問題就在這裡。你不能對任何可疑的車輛第一步就記住一切資料。你總是要確定他出了毛病，追在他後面，才開始看他是什麼車、什麼顏色、什麼牌照號。我這一次連車子顏色都記不起來，這就是當時實況。」

「你一直急著想偵破這件事。」我說：「你找到什麼證據呢？」

「證據倒是不少。車子撞上我的時候，他的右車燈砸爛了，玻璃在我們這裡，一片烤漆掉下來，我們也送檢了。這些東西證明是從別克車上下來的，要是找到車子，我們可以證明的。問題是這輛可惡的車子在哪裡呢？」

「修護廠都查過了？」

「當然要查修護廠，我通令這一帶所有修護廠，回報修車紀錄，尤其是別克車。」

「調查進行得很嚴格？」

「是的。」

我說：「再把報告翻出來，看看有沒有賀卡德的車修理的紀錄。」

他看看我的臉，慢慢地露出笑容，「賴，」他說：「有可能——是有可能，你說不定救了我的命。」

「假如這件案子被撞的不是我的車，我不知道會不會相信你這種推理，有點離譜，而且你的目的是想自己從謀殺罪裡逃出來。」

「我們看紀錄之前，我要先問你一件事，希望你老實告訴我。警方認為你和賀先生秘書去新社區之前，你自己一個人曾經先去過。你第二次去的目的是遮蓋第一次留下的指紋。我只問你一件事，你是不是曾先去過？」

我兩眼對他直視，我說：「是的，我去過。」

「第二次去的目的，是掩護？」

「是的。」

「為什麼？」

「因為，我不知道那邊發生什麼事了。但是我寫過一張自白書，說是我親自見到賀卡德的車禍——」

「為什麼？」他問。

「因為，我想把這件事整個宣佈出來。我認為，我證明有這件車禍，可以增加壓力。你看，有人出賞格徵求證人，先是一百元，又跳到兩百五十元。」

「是不是賀卡德出錢買一個願意說謊的證人？」他問。

「起先我也是這樣想，」我說：「但是我做完自白後，發現是另有其人想替賀卡德掩護。」

「誰又會來掩護他呢？」他問。

「兩個人都有可能。」我說：「其中之一是他的合夥人，另外一個是戴薇薇。」

「他的合夥人，你是說麥奇里？」

「是的。」

「你認為他會掩護他？」

「有證據證明這一點。我一說我親眼見到這個車禍，他就付了我兩百五十元現鈔。」

田警長把兩隻腳蹺上辦公桌想了一陣，移動一下，又想了一陣，「賴，你不依牌理出牌，你出牌也太大膽。」他說：「你為了你的客戶，老把自己的頭伸進吊人的結裡去——這是今天下午，我聽到洛杉磯警方對你的批評。」

「假如我的推理完全是事實，我的頭會從吊人結裡出來的。」我說。

「萬一你的推理落空呢？」

「我的脖子會折斷。」我告訴他。

「他們也這樣說，這一次你過分了。」他告訴我。

警長把腳從桌上放回地上，站起來，走向一個檔案櫃。他拿出一個封套，打開封套，把裡面的紙張都倒出來。

「是的。」他說：「賀卡德的車禍有報告，但是我們交通組沒有調查。」

「為什麼？」

「車子是由洛杉磯一家修車廠修理的。他們用電話查問了一下，車廠說是別克車，車禍也沒問題，雙方的車都由統一保險公司出錢交他們修。修車廠說車禍細節已調查過，雙方也對過面，保險責任已清楚，統一保險說負全責。」

「有沒有形容車子損傷情況？」

「當然，報告上都有。」他說：「別克車整個車頭凹了進去，兩側車頭燈破碎，烤漆都掉了。」

我說：「衣服上有個小洞，怕人認出是這件衣服，最好的辦法，莫過於拿把剪刀把這個洞剪大一點。賀卡德只要拿把鐵鎚就可以達到這個目的。」

田警長說：「賴，你引起我的興趣了。我不一定全信你這種空想，但是保證會徹查到底。老天！我真希望你是對的！」

我說：「你什麼時候開始查？」

「什麼時候開始？」他重複我的話說：「現在就開始！」

他又撥電話說道：「對不起，太太，我回不來了，這件事太重要了。我目前不能在電話上對你說……我抱歉。你只好代我向客人道歉了。他們知道我的工作本來是二十四小時的……好太太，我就知道你會合作的……由你一個人招待了。」

他把電話掛上，說：「第一步怎麼辦？」

我說：「麥奇里。是他登的報，懸賞兩百五十元。」

「那沒什麼錯呀，他想幫賀卡德忙。」

我問：「為什麼要幫他忙？」

「因為賀是他合夥人。」

我說：「你說幫忙指什麼？賀卡德向保險公司承認都是他的錯，保險公司向戴薇薇承認一切皆由保險公司負責，再鑽出任何證人最多也只能證明卡德錯了。幫他什麼忙呢？

「唯一他要幫助賀卡德的理由，是他知道這車禍是假的。他願意出大價錢，找一個肯說謊的人——」

「我們走。」田警長說。

「你知道哪裡找得到麥奇里嗎？」我問。

「我當然知道，他在城裡有個公寓。」

「結婚了？」

「四處為家。」田警長說：「玩玩，他手頭上有不少漂亮女人。」

「也包括戴薇薇？」

「老實說，我不知道。」田說：「我從來沒有注意過這種事，但是我們馬上可以查得到。走吧，賴。」

我們坐警長的警車出發。

警長保守地把車開過三條街之遙。我看得出他在仔細消化我給他的理論，越是多想，他越高興。

三條街之後，他把紅燈打開。五條街之後，他把警笛打開。

田小龍警長現在是真正出動了。

我們到達一個高級的公寓，警長把他的車停在消防栓前面，說道：「賴，我們進去。」

我們乘電梯上去，警長用手掌撳門鈴。

麥奇里自己來開門，他開始只見到警長，沒見到我。

「怎麼啦？你好，警長。」他說。

「要和你談談。」田說。

麥奇里有點緊張了：「我……我還有伴……我……」

「我要和你談談。」田堅持地說。

「我……我有位小姐在裡……我——」

「我要和你談談。」

「這樣，」麥奇里說：「給我一分鐘，讓我把她……」

田警長往裡闖。

麥奇里自肩後向房裡喊道：「親愛的，你去臥房耽一下。」回頭又說：「警長，沒關係了——嗨，這是什麼？你帶了什麼人？」

「賴唐諾，」田說：「你該認識吧？」

「認識！」他說：「這個騙子，可惡的渾帳！你要早告訴我你是來對付賴唐諾的，我早就放你進來了。我願意做任何事，只要你肯對付這個說謊——」

「慢點，慢點。」田小龍一路走進房裡說：「你只要回答問題就好了。」

「我是在提控訴，我要你逮捕賴唐諾。他為了金錢，自願做偽證，他——」

「省點力氣，奇里。」警長說：「你只要回答問題就好了。這裡在搞什麼鬼？」

「沒什麼，」奇里說：「小小的社交應酬而已。」

警長向四周看看。矮桌上有一瓶威士忌，幾瓶配酒的酒、冰塊和兩個杯子，一雙女人高跟鞋在地上，一件胸罩掛在椅背上，一條裙子在沙發一角。

麥奇里說：「我聽到門鈴，把音響關掉了。」

「恐怕不是的。」田警長走到窗邊向外張望：「你聽到警笛，把音響關掉的。你這裡是個什麼樣子的窩呀？」

「慢慢來。警長，慢慢來。」麥奇里說。

我懂得，警長是在煞煞他的氣焰，把他放在防守地位，這樣他可以比較容易吐實，他做得不錯。

警長走到沙發旁，撿起女人的裙子，看一看，走向胸罩，彎身看一下，走回長沙發那一頭，撿起一個才從包裝紙裡打開，包裝紙還在邊上的小紙匣。

伸兩隻手指進小紙匣，警長拈出了一條絲質內褲。粉紅色，上面英文字自上向下橫排著：「過份了——停——討厭」。

再下面一點，字體大一點：「不要——要！要！要！」

「這是什麼？」田警長問。

麥奇里說：「這是花花公子郵購來的，說是送給女朋友最好的禮品，我準備送出去。」

「原來如此。」田說：「你正在說服你的朋友試穿，看她穿上了合不合適？」

麥奇里不好意思地笑笑。

田警長怒視著他，猝然發問：「為什麼登廣告要車禍的目擊證人？說！」

「我——我要——要幫助我的合夥人。」

「不要來這一套！」田告訴他：「否則我把你臥室裡小姐拖出來，把你們兩個關起來，你們是在舉行淫蕩的集會。」

奇里快速地把話說出嘴來：「警長，你知道的，我的合夥人出了個車禍——警長，不能把裡面那個年輕女士牽進去——這到底是我的公寓。我付的租金——」

「別他媽扯到別的地方去。」田說：「說說那車禍案，你為什麼想找個證人出來？」

麥奇里長長吸口氣道：「好吧，我告訴你為什麼我要找一個證人，我認為車禍是個假的。」

田警長自己坐下，臉不再拉得那麼長，「這才像話。」他說：「為什麼你認為是假的？」

麥奇里說：「我怎麼不知道這是假的！賀卡德的汽車在四點三十分的時候完好無損，即使有車禍，也是之後的事。我的合夥人喝了酒。他涉及一件車禍，為了掩蓋這件車禍，他花了不少力氣。」

「你又準備怎樣做呢？」

「我先要知道怎樣能幫他忙。」

「賄賂一個證人，說他看到車禍？」田懷疑地問。

「你還沒懂得我。」麥奇里說：「我要證明，這件車禍根本沒有人見到，沒有證人。如此我可以證明根本沒有賀卡德斯所形容的車禍。我準備加價到五百元，證明沒有人看到那次車禍。我不願一次出那麼高價。我用這種一直向上加的方式，希望賀自己也會說實話，沒有他所說的車禍。

「我準備先出一百元，沒有證人，就出兩百五十元，再沒有證人，就出五百元，最後我可以加到一千元，甚至兩千元。到那個時候，不但我自己可以確信了，而且這個廣告一定吸引大眾注意，保險公司當然也會起疑，全加州人都會起疑。」

「為什麼你要大家起疑呢？」田警長問。

「因為賀卡德以為有我什麼把柄，一直在逼我，要我的一半合夥資產，低價賣給他。我一直也希望捉住這卑鄙狗娘養的什麼小辮子，免得他老牽著我鼻子走。你一定要逼我告訴你，這就是事實了。」

「你怎麼知道他的車在四點三十分的時候完好無損的呢？」田警長問他。

「這一點我最好不說出來。」

「但是我要你說出來。」

「好吧！是他的秘書告訴我的。」

「她怎麼知道的？」

「那一天辦公室有一位小姐生日。辦公室有個小派對——」

「有酒？」田警長問。

「有酒。」

「說下去，發生什麼了？」

「然後，這個卑鄙、渾帳、無聊的賴唐諾殺出來，說他看到這車禍，說得活靈活現，使人相信是我多疑了。我完全被他所騙，給了他兩百五十元錢，縮手了。」

田小龍把他講的想了一下，咯咯地笑出聲來。

他站起身來，向我點點頭，「你玩你的花花派對吧！」他對麥奇里說：「抱歉打擾你了，我希望那內褲正好合身。」

第十四章　銀行打烊前幾分鐘

我們下樓，走向汽車，警長一面發動車子，一面蹙眉在想。

他打開無線電，呼叫值日的，「這是一號車田警長，我在辦案。賀卡德案子有什麼發展？請通話。」

值日的說：「洛杉磯警局通報，他們已對賴唐諾發出全面通緝令。他們已經貫通全案，確定是賴唐諾所做，準備緝捕到立即以謀殺罪起訴。請通話。」

田警長說：「知道了，通話完畢。」

他關上無線電，向我無奈地笑笑。

「你洛杉磯警方的朋友，對你沒有信心，是嗎？」

「不太有，」我說：「我打個電話，好嗎？」

「沒問題，一切都隨你，唐諾。」他又笑向我說：「要什麼有什麼。不必客氣。」隨著他又咯咯的笑出聲來。

「警長，一定有什麼理由，賀卡德不敢面對撞了你車子的事實，而要費那麼大的勁來掩飾。你說是嗎？」我問。

「這一點給你說對了。」田警長說：「說來話長。賀是個很會鑽的人，是好人，也正經，但是很會鑽。我有個女性朋友在山上有一大塊地。賀說動了她交換了新社區的兩方地。

「交易成功後六十天，發現有條新公路通過山區，我朋友的一大片地正好在路邊。我不知道賀賺了多少，但一定是很可觀的。」

「她有沒有去找賀卡德呢？」我問。

「她沒有。」田說：「我去找賀談了。」

「他怎麼樣？」

「向我笑笑。」

「原來如此，」我說：「所以，假如你捉住賀卡德醉酒駕車，撞人脫逃……我漸漸懂這件事的原委了。」

「我也完全弄清楚了。」田警長說：「唐諾，不瞞你說。今天晚上九點半，市議會有個臨時會議，我的朋友告訴我，議程裡有一項就是要換一個警長。你走進我辦公室，一開口，我就知道你是天降神兵。這件事我還沒告訴太太，因為我怕她擔心。我準備回家，和客人一起吃飯，然後假裝有緊急公事去議會。我沒有被邀請出席，但是我一定要去坐在那裡。他們要表決，我相信接任人選都已經秘密選出來了——唐諾，這裡有一個空的電話亭，你不是要打電話嗎？打多少都可以，有零錢嗎？」

「夠了。」我說。

「好，我在外面等。」

警長停下車，點了支菸，他臉上笑得很高興。

我打電話到辦公室。

柯白莎接的電話，「你混到哪裡去了？」她說：「老天！你知道發生什麼了嗎？那個狗養的宓善樓，聽信了飛天偵探社的話，相信你是在自己搞鬼想弄一票。天知道證據在哪裡？但是善樓打電話給我，叫我轉告你立即自首。」

「你怎樣告訴他？」

「我告訴他老實話，我說你出去了，不知道去哪裡。他說，他限我們十五分鐘，一定要見你去自首，否則他就發出全面通緝令。他說他已厭倦你這一套，他不願再做肉包子了。」

「還有什麼消息嗎？」我問。

「沒有其他——喔，等一下。愛茜要和你講話……她哪裡去了？她說她另外有件事，對你有關的，她現在出去了。」

「好，就這樣。」我說：「白莎，有件事要你做，用你自己的車，盡一切可能的快，開到哥林達的米拉瑪公寓。你先找到愛茜，找不到就留個條子在她公寓裡，叫她帶了撞人脫逃那一冊剪報，儘快趕到米拉瑪公寓來會合。我會在那裡等你們。」

「多快？」

「盡量的快。」

「能先吃晚飯嗎？」

「絕對不。」我說：「帶愛茜來，找不到她，你就先來，越快越好，不要耽擱！」

我掛上電話，開始表演。我假裝放一個硬幣進去，撥一個號碼，重複了十多次。假裝接通了，我假裝說話，也假裝慢慢聽話。

田警長坐在車裡，露著牙齒，稍稍看到他有點不耐煩了，我就從電話亭出來。

「滿久的嘛！」他說。

「我打了好幾個電話。」

「都好了嗎？」

「都好了，警長。」

「唐諾。你知道我不能因為私交放走你，這樣會毀了我的前程的。你是謀殺案的通緝犯，請你把兩隻手伸出來。」

我把兩隻手伸出來，警長拿出手銬把我銬住。「你被逮捕了。」他說：「你是我的犯人。我要你知道，你在哥林達監獄是我的客人。世界上不論你想要什麼東西，你只要說出來就有。你吃特別伙食，有人招呼你，牢房裡給你專用電話，隨時可以接見任何人，除了女人，我不能供應，其他都沒有問題。」

「謝謝你。」我告訴他。

「不必謝我。」他說。

「你是要現在送我去監牢，還是——」

「還是拜訪戴薇薇之後？」他說：「當然是一起去拜訪戴薇薇。唐諾，你我都不是笨人。我給你戴上手銬，是做個象徵。你太聰明，你隨時可以溜走，但是戴上手銬，表示你是我犯人，你再逃走，罪名就太重了。你是聰明人，不會做傻事。我不希望你真是賀案的謀殺犯人，但是我不敢冒險。」

「我瞭解。」我告訴他：「放心，絕不搞鬼。」

「手銬會不會太緊？」

「不會，相當舒服。」

「坐好了，我們走。」

我們一起到了米拉瑪公寓，警長帶著上了手銬的我，一起上樓。我們到了戴薇薇公寓門口。

警長把手按在門鈴上，一直到戴薇薇來開門。

田警長把外套一翻，「這是警察，戴小姐。我是哥林達的田警長。」

「喔，是的。」她說：「有什麼事嗎，警長？」

「有事找你談。」

「請裡面來坐一下，田警長。」她說：「歡迎你來這裡，再等一下我有事要出去，但……」

警長往公寓裡進去，我跟在後面。

那個時候她看到了：「等一下，我不知道你另有客人。」

「他不是我的客人，」田警長說：「他是我的犯人。他因為謀殺賀卡德所以被捕了。」

「老天。」她說：「他被捕了！為什麼？我只知道他們在調查他，但——」

「他是被捕了。」田警長說。

「唐諾，我真抱歉。我——你瞭解。」

我說：「沒有關係。」自顧坐下，把手肘放在大腿上，讓手銬在閱讀燈的照耀下閃閃發光。

「我正在調查妳的車禍事件。」田警長說：「就是那件賀卡德撞到你車後面——」

她不等他說完，急著說道：「田警長，對這件車禍，我再也不接受任何人來問問題了。我講個不停。已經厭煩，沒胃口了。我已向保險公司要求給付，我也請好了律師了，我決心要控訴要求賠償了，我的律師要求我保持緘默。」

田警長耐心地說：「這我懂。這是民事訴訟方面來看這件案子。但是，我現在來是為刑事案子。」

「我不懂你什麼意思？」

田警長說：「我有相當多證據，證明賀卡德在八月十三日的傍晚才和你撞車。他撞車的時候，已經喝醉酒了。」

「胡說八道。」她說。

「我還要說這件車禍是那天五點半以後的事。」田說。

「你胡扯，你根本不知道！」

「沒錯，」田說：「我知道不少，但是仍有不知道的。我要再多知道一點。事實上，我一定要完全弄明白才停止。」

她在快速想念頭。

「他是不是一天撞了兩次車？」她說。

「我只要知道他和你的那場車禍。我要知道他幾點鐘撞上你的車？」

「老實說，警長，」她說：「我對時間概念很差，我對日子記得清清楚楚，至於時間──」

「是不是天黑之後？」

「沒有，沒有，是在下午。是──我目前就是無法回憶到當時正確的時間。」

我說：「薇薇，妳的朋友厲桃麗說，她在下午三點三十分或是三點三十五分的時候，見到過你的車。那個時候，你的車已經被撞過了。所以，你撞車一定是在三點三十分以前。」

薇薇像條毒蛇似的望我一眼。

「真的嗎？」

警長問薇薇。

「我不知道，桃麗應該是對的，她不說假話，頭腦又好。」

「戴小姐，我不能騙你，所以我要公公平平先告訴你。」田警官說：「假如賀卡德撞了我的警車，把警車撞進水溝去，他不停車，這是刑事案。我們稱為撞人脫逃，是刑案。你知道嗎？」

「是的，我知道。」

「假如，」田警長續續說：「有人幫助他掩飾或是幫助他逃避受罰，這個人就變為事後從犯，也犯了好幾個罪——非但在這刑案裡是事後從犯，而且也犯了刑事的共謀罪。這些話，你懂嗎？」

她用舌頭把嘴唇舔舔濕，「懂。」過了一下她說。

「好了，我把情況都已經說明了。在這種情況下，你有沒有什麼要對我聲明的，戴小姐？」

「我……我知道——等一下。我要想一想……我很抱歉，能不能失陪一下？我近日不太舒服，我要去一下洗手間。我馬上回來。」

她不等我們回答，站起來，消失在公寓的一扇門裡。

田警長向我眨眼示意，站起來，用足尖輕聲走到那關著的房門前，他自口袋拿出一具輕便的電子竊聽器，把聽筒按在門上，把耳機放耳朵上，打開開關，仔細聽著。

他看向我，又眨了一次眼睛，然後繼續聽了足足兩、三分鐘。

突然，他把耳機自耳朵上拿下，把聽筒自門上拉下，把所有東西裝入口袋，踮足走回椅子坐好。

通臥室的門打開，戴薇薇說：「真抱歉，突然要離開一下，這一、兩天我腸胃不太好，希望不要見怪。」

「沒關係，沒關係。」田警長說。

「警長，你說，你想知道什麼？」

「車禍的事。」

「噢是的，我已經向保險公司做了聲請，我向警方也報告了，不少偵探都有來過……我對這車禍已討厭死了。

「我告訴你這樣好了，田警長。那次車禍使我受了頸椎的挫傷，這是很嚴重的外傷。但是我實在受不住警力的一再打擾，還有保險公司那困難的態度，我決心由我自己來承受這項痛苦了。我決定撤銷向保險公司的聲請，我要把這件事全忘了。我需要休息，我離開這個城市。我的醫生也一直勸我到遠的地方去，什麼都不想，對我有益。」

她看看我。我把手扭動一下，使手銬閃閃反光。她迷惘地看著我手上的手銬。

「那倒是很好的。」田警長說：「我希望你早日能恢復健康。不過我要告訴你，戴小姐，有件事對我十分重要，就是這件車禍案一定要破。你看，是我的車被撞下水溝，撞我車的人撞人脫逃。現在我幾乎確定這個人是賀卡德。他事後用一個假想中的車禍，就是和你的車禍，來掩飾——」

「你什麼意思說『用一個假想中的車禍』？」她冷冷不能失身分似的說：「在我看來，他可能有兩次車禍。假如他喝醉酒——」

「我說什麼，意思『就是什麼』。」田警長打斷她話說：「他和你之間的車禍根本沒有那回事。」

「嘿！你也真敢！」她說：「妳是不是指我在說謊？」

「沒錯，」田警長說：「我是在指控你說謊，我在指控你偽造自己車受損壞，和賀卡德合謀謊報車禍。妳的目的是使賀卡德逃避刑責。假如你有興趣，我可以告訴你，剛才你進去，假裝去洗手間，我曾經用竊聽器偷聽你的動靜。

「你在裡面給別人打電話，請他給你建議。我現在問你，那是什麼人？」

「那是我的律師。」她說：「再說，你完全沒有權利偷聽我在家裡和律師的對話。我現在要請你離開這裡。」

「你堅持的話，我立即就走。」田警長說：「但是一旦我離開，我們就等於宣戰。現在我是在給你自清的機會。」

「什麼叫自清？」

「告訴我真相。」

「什麼叫……『你給我個機會』？」

「假如你把一切現在告訴我。我會幫你忙。」田警長說：「否則，請你到局裡去，你還是要講的。」

她咬咬嘴唇，想了一下，搖搖頭說：「無可奉告。」

「你還是說吧！」

她又猶豫一陣，「好，你要聽事實。我就告訴你。」

「這樣才對。」

她說：「一切要從你帶來的這個人，賴唐諾說起。」

「他跟這件事有什麼關係？」

「他是保險公司僱用來保護保險公司的。他賄賂了賀卡德的秘書，叫她作偽證，在四點鐘之後還見過賀先生的車子，說他車子完好無損，這就是全部事實。賴唐諾把這件事實完整的案子擣得東瘡西疤。他恫嚇證人、他賄賂、他做偽證。

「你看，他經公證說他是車禍目擊者，但他根本不是證人……這件車禍，就像我告訴過你們千百遍，是在那個時候、那個地方發生的。你一定要想威脅別人，你應該去威脅陸洛璘。你會找出來陸洛璘和賴唐諾一鼻孔出氣，是合夥的。

「你再查查就知道，賴唐諾在向陸洛璘灌迷湯，在陸洛璘陪他去見賀卡德之前，賴唐諾根本就已經去過一次新社區的辦公室。我認為他還不止一個人去的，他有同謀和他在一起。我不知道他同謀是什麼人，但是這些都是事實。你怎麼可以因為要給一個謀殺犯脫身，跑來威脅我呢？

「警長。這是我最後想講的話了。我本來不想講的，因為我不願對別人落井下石。人不犯我，我不犯人。但是這次你們逼我太厲害了。我現在開始一切要聽律師的了。除非我的律師在場，否則我什麼也不會再開口。請你原諒。」

她站起來，又說：「田警長，我還有不少事要做，請你離開吧！」

田警長說：「戴小姐，不要這樣敵視我們。我只不過……」

「抱歉。你開始對我的話就沒有信心，有偏見。現在我高興能把事實給你剖明，一切都是這個賴先生在搗鬼。他為了拿錢，做偽證。他沒見到車禍。但寫了一份自白。他用盡辦法破壞我的信譽，目的使僱用他的保險公司不付錢。

「我實在奇怪像宓警官和你這種有經驗的警察，怎麼會上他當？好在宓警官已經知道他的卑鄙詭計了。你當然應該知道他是代表什麼人的利益，他在想做什麼。他是一個謀殺犯，拚命想辦法要脫罪，你上了他的老當了。假如你肯原諒我，我……又想進洗手間了。」

她說完就跑向臥室，把門關上。

田警官看向我。我可以見到他眼中狐疑的神色。

「你就這樣讓她輕輕溜了？」我問。

「老天，你能怎麼樣？」田警長問：「她說她去洗手間，她把門鎖了。我不能把門打破，把她從裡面拖出來。我沒有逮捕令，沒有搜索令。再說，除了你的口供之外，我到這裡來，一點依據也沒有。」

他又看看我，說道：「走吧，賴。我想我們還是回局裡去。我必須通知洛杉磯，你在我這裡，我已經把你逮捕歸案了。再留在這裡，她剛才打電話請求支援的人一來。更不好辦了。」

我們走過去，把公寓門打開。

我跟他走出去，步上走道。

「冷靜下來想一想，」田說：「你的理論相當臭。」

「臭在哪裡？」

「憑什麼戴薇薇要同意賀卡德偽造一個車禍，冒那麼大的險？」

「頸椎挫傷。」我說：「你假如調查她的過去，相信你不難發現，在什麼地方她有過頸椎挫傷的歷史，保險公司付了很多錢向她和解。」

「也許。」田警長說，他的聲音表示已經沒有興趣。

他帶頭，我們走向電梯。

「我會再想想你的理論的，有機會我會和陸洛璘談談。」

「她也在這個公寓裡。」我趕快說：「既然你來了，為了完整紀錄……」

「她也住這裡？」田問。

「是的。」

「好吧，我們和她談談。」田警長說：「但是我告訴你一件事，我們本末倒置了。我們去見戴薇薇之前，應該先見陸洛璘的。

「戴薇薇要是弄個律師來，她真可以告我破壞她名譽，告我無依據而控訴她偽造車禍。我的依據只靠你的推理，你的推理只靠陸洛璘告訴你的話。

「我今天有點失常，我個人的得失，影響了我的判斷能力。」

我說：「現在也不晚，走。我們去和陸洛璘談談。」

「賴，你下去坐在我汽車裡，我會把你鎖在方向盤上。我要防你出什麼花樣。老實說，你的股票在過去十五分鐘內，已經跌停板了。」

他帶我到他車裡，把我和方向盤用手銬鎖在一起，自己又回進公寓去。

我無聊地等著，十分鐘，十五分鐘。

一輛車開過來，想找一個停車位，終於找到了一個。

我盡可能轉過身來，看到從車裡出來的是柯白莎和卜愛茜。

愛茜帶了兩本剪貼簿。

「白莎！」我叫道。

她沒有聽到我。

「愛茜！」我叫道。

愛茜抬頭，向四周觀看。

「我在這裡，愛茜！」

愛茜看到我，跑過來。

「怎麼啦？唐諾——怎麼回事？發生什麼啦？」

白莎搖擺著快步過來，看一眼銬住我的手銬，說道：「他們找到你了？」

「他們找到我了。」我說：「愛茜，你要找我什麼事？有什麼新發現？」

她說：「另外一本剪貼簿裡有件消息，唐諾——我希望對你有用。」

「是什麼？」

她說：「北好萊塢有家銀行，被搶四萬元，劫匪跑掉了。強盜用的脫逃車是一輛跑車，沒有人見到車牌，但是有一個證人說，車子的後保險槓曾經受損，好像是凹下去一大塊。它——」

「哪一天！哪一天！愛茜？」我問她。

「八月十三，銀行打烊前幾分鐘。」

我轉向白莎：「你快去米拉瑪公寓六一九，有個戴薇薇在裡面。她自己或者她的車，和搶銀行有關連。這消息解釋了一切問題。這是為什麼她肯和賀卡德合作的原因，她自己急著要解釋車尾什麼時候凹下去的。不過白莎，還有一件事，當中還缺少一個聯絡人。這個人既要知道賀卡德撞人脫逃，車前壞了，想脫罪，又要知道戴薇薇的車搶了銀行，被人認出車尾有凹下，急需掩飾。」

白莎看著我，小眼搧了好幾下，轉身就向公寓跑。

「要愛茜跟你去嗎？」我問。

「去你的。」她說：「我不必別人幫忙。再說，我也不要有證人在場。」

愛茜說：「可憐的人。」爬上車倚偎在我身旁。

五分鐘後，田警長自公寓出來，走向汽車。

「哈囉。」他說，突然停步，伸手向後褲袋：「怎麼回事？」

「警長，」我說：「這位是我的秘書。卜愛茜小姐。她有個嗜好，專門收集南加州未破的懸案。」

「這又如何？」田說：「卜小姐，你注意了，這個人是我的犯人，不可以給他任何東西、不可以把他手銬去掉。」

「警長你好。」愛茜說：「唐諾是好人，他不會——」

「不要急，愛茜。」我說：「把你剛才告訴我的剪報，給田警長看著。」

愛茜自車上下來，打開剪貼簿，把一段給田警長看。

田小龍傾身看愛茜拿著的冊子，看了一眼，伸手自己把冊子拿起，看完一遍，抬頭，蹙眉猛思，又低頭著第二遍。

他說：「嘩呀！」

大家沒有吭氣。

「陸洛璘給你說什麼了？」我問。

「賴，」他說：「陸洛璘是個正正經經、規規矩矩的好女孩子。那件車禍是鬼得厲害，賀卡德的車子，八月十三日下午四點半，的確是一點也沒有壞的。」

「而戴薇薇的車子在當天下午三點半，後保險槓有個凹下去的痕跡。」我說。

「假如賀卡德的車子是撞了我脫逃的車，假如戴薇薇的車是搶銀行脫逃的車──老天，唐諾，會怎麼樣呢？」田說。

我說：「會有一個神氣的警長，九點半跑進議會報告，偵破了兩件奇案。不知議員老爺們會怎麼說？」

「唐諾，我聽從過你一次，不在乎聽從你第二次，我要回公寓去。」

「最好帶我一起去。」我說。

他搖搖頭。

「我看你需要一個證人。」

他對這問題想了一想。

「兩個證人。」愛茜說。

「你會速記？」田問。

她點點頭。

田警長把銬住方向盤的手銬打開，想了一想，又銬回到我另一隻手腕。「你給我記住，」他說：「你還是我的犯人。我對你的推理只是調查，還沒有完全相信。我目前是騎牆派。」

我們三個人成一串進入公寓。

我儘可能慢動作拖延時間，但是最後還是進了電梯到了六樓。

才走到走道一半，就聽到了砰砰碰碰的聲音。

一個女人在大叫。

「是什麼？」田警長問。

我做我最後的拖延工作，「是這邊那個公寓裡出來的聲音。」我說。

「我以為是再向前面一點出來的？」田說。

「不是，我確定是這一個門後出來的。」我一面說，一面向愛茜示意。

「我也確定是這個門後面來的聲音。」愛茜附和道。

出警長猶豫了一下，走向我們指著的門，用力地敲。

沒有回音。

他又猛力地敲。

過了一會，一個女人把門打開一條縫，向外看。我看到那個女人一定是隨手抓了件睡袍披在身上，她裡面什麼也沒有穿。

「什麼事？」她簡短地問道。

「警察。」田說：「我們在調查這裡有什麼騷亂。」

「這裡沒有騷亂。」

「有人大叫了？」

「沒有。」

田警長說：「我真抱——」

房門差點碰上他的臉。

田警長看著我說：「我現在漸漸知道洛杉磯書局對你的看法了。賴，你他媽的本來知道這些聲音不是從這家公寓出來的。你在拖時間。為什麼？」

我委屈地說：「我可能弄錯了。」

「我看你又在玩花樣。」他說。

他快快走向六一九公寓，用手掌揿門鈴。

沒有回音。

過了一下，他放棄門鈴，用拳頭在門上敲。「開門！」他喊道：「是警察。」

裡面靜了一下，門一下打開。

柯白莎，臉紅得像關公，說道：「統統進來吧！別在外面吵別人。」

戴薇薇站在房間的一角，歇斯底里地飲泣著。她的衣服完全被撕拉掉了。她站在那裡，身上只有胸罩和三角褲。三角褲我十分眼熟，上面英文字自上而下印著：

「過份了，停，討厭，不要，要！要！要！」

「你是什麼人？」田警長問柯白莎。

「我是柯白莎，賴唐諾的合夥人。」她說：「這一個小娼婦現在準備向你自首。她說她和一個叫班鐸雷的男人，在北好萊塢搶了一家銀行。他們得了四萬元現鈔，贓款現在在這公寓裡。在哪裡，親愛的？」

戴薇薇把手遮在自己眼前：「不可以，你不可以！」她說。

白莎向前走一步：「在哪裡，親愛的？」

「皮箱裡，壁櫃皮箱裡。」薇薇叫喊道：「不准你再碰我，你再敢，我要叫。」

「我來看。」白莎理所當然地走向壁櫃，首先拿出一件外套，抛向戴薇薇。

「還有良知的話，把這個先披上。」她說。

田警長看看白莎，看看戴薇薇，看看我問道：「但是什麼人殺死賀卡德的？」

「這還用問？」我說：「她的三角褲你見過，從麥奇里那裡她可以得到很多消息——酒會呀，其他什麼的。」

田警長問白莎：「你能幫忙，不讓她逃走嗎？」

「我能叫她連假睫毛都不敢拉下來。」白莎說：「她敢動一動，我叫她真正的頸椎斷裂。」

「我臨時委託你代表警方，」田警長叫道：「現在你不能亂動，由我來檢查這個皮箱。」

皮箱打開。現鈔一紮紮綑得整整齊齊。

這時，公寓門上響起鑰匙插入的聲音。

戴薇薇吸口大氣準備出聲警告。

白莎用手臂一下打上她肚子，使她開不了口，身子彎下像隻大明蝦。

門打開，露著笑臉，神采飛揚的班鐸雷走進房來。

他一眼看到房裡的情況，伸手去掏槍。

田警長一拳打在他下頷上，「你被捕了。」他說，手槍已超先拿在手裡：「把手舉起來。」

班鐸雷慢慢把手舉起來。

「轉過來，把臉對著牆壁。」田警長命令道：「把手放後面來。」

鐸雷依他命令照辦。

田警長走過來，把手銬從我手腕上取下，銬上了班鐸雷的手腕。他看看我，露出牙齒向我一笑。看著他的錶，對白莎說：「我再臨時委任你做女牢頭。請你替這女犯人穿上點衣服，把她送到看守所去，我馬上要去問他們口供。我要在九點半之

前得到他們兩人的全部口供。」

白莎說：「親愛的，我們去你臥室換衣服，你要給我把這條丟人的三角褲脫掉。你要去的地方沒有男人來看你的屁股。」

第十五章　要什麼有什麼的警長

十點十五分，田警長從市議會裡回來，直接走向電話，拿起電話說：「給我接洛杉磯總局，我要和宓善樓警官說話。」

他向我看看，眨眼示意。

電話接通，田警長說：「哈囉，是善樓嗎？我是田小龍，哥林達的警長。賴唐諾在我這裡，我相信有個全面通緝令在找他。」

田警長靜聽了一段時間，笑了。

他說：「在你來得及回頭之前，我最好告訴你，根本沒有什麼賀卡德和戴薇薇的車禍，這是串通騙人的。賀卡德在八月十三的傍晚，撞了一輛警車逃逸。一心想脫罪。他一個朋友班鐸雷得知後，建議他可以和他另一個朋友戴薇薇，一起偽造一個假車禍，這樣賀的車子前面撞壞就不會引起懷疑。薇薇是班的朋友，但也是賀的合夥人麥奇里的朋友。

「賀認為這是件好事，根本不知道他將面臨的危機。戴薇薇以前幹過兩票車禍引起頸椎受傷的把戲，這次她想敲統一保險公司三萬元保險金。

「薇薇的車，十三日稍早倒車的時候撞上電線杆，後保險槓癟了一大塊。那時候她和她男朋友班鐸雷正一起去準備搶北好萊塢的一家銀行，他們搶到四萬元。

「多謝賴唐諾，是他給我的線索破了本案。我把贓款找到了，一干人犯的口供也都有了。

「我想賀卡德可能到死也不知道他混進了銀行搶案這件事。但是他知道戴薇薇藉此向保險公司騙錢，嚇得他要命。賴唐諾出面說他看到車禍，賀當然知道不是真的，也猜得到是班鐸雷唆使的，但是賴的口供，將來會使他多一條以賄賂獲得偽證的罪。

「賀卡德怕事情越弄越大，決心自首，把一切招出來。他一個人去辦公室，打開電動打字機，打電話給賴唐諾，請他一定要來，然後他開始自己打一個自白書。

「這之前班鐸雷叫戴薇薇藏在鹽湖城。從他們請的私家偵探報告中發現賴唐諾不是聖昆汀釋放的犯人，而是私家偵探時，他們知道事態嚴重。戴薇薇自鹽湖城飛回來，他們一起去找賀卡德，想商量對策，恰發現他立志自首。

「一場大打出手，他們擊昏了賀卡德。他們看到自白書，把它沒收了，又把賀拖去他們的車子。

「他們也找到了賴的自白書，還仔細找賀卡德有沒有其他自白書或日記之類的。女的駕姓賀的車，男的帶了昏迷的賀卡德開自己的車離開。回到公寓，戴薇薇想起私家偵探的報告本來在她皮包裡，皮包打破的時候掉了出來，忘了收回。班鐸雷把未醒的賀卡德綁起來，留在公寓裡，交薇薇看守，自己又開車回新社區辦公室去找。

「班鐸雷發現賴唐諾在辦公室翻東西。賴翻窗逃逸。

「他們知道事態已不可收拾，唯一的辦法只有殺掉姓賀的，把屍體放在賴的車裡，把謀殺罪栽在他身上。

「宓警官，我沒有怪你會上當，他們做得相當天衣無縫。不過賴很聰明，他來找我，算找對了人。不過老實說，他也使我把很多事貫通了。

「戴薇薇不希望謀殺牽到她身上，她乘飛機去鹽湖城，立即又搭上在鹽湖城暫停東海岸來的班機，回洛杉磯，請人來接她，表示從紐約回來，以為有了不在場證明。

「這些都已查證，也有他們的自白了。

「厲桃麗是他們最怕的證人，因為厲桃麗在他們搶銀行之後、三點半之前，見到過薇薇車有撞壞。他們怕她會起疑向警局報告。他們採取了兩個步驟對付她，第一是請私家偵探二十四小時監視她行動。第二是班鐸雷自己出馬快速和她熟悉，假意和她親近。桃麗最多知道證明有車禍對鐸雷有利。

「現在，賴唐諾在我手中，假如你執意要我拘留他……」

田警長不說話聽了兩、三分鐘。

當對方停止說話時，田警長哈哈一笑說：「當然，這是你運氣不好，宓警官，不過日前我的確需要這個機會。最近我和市議會搞得關係不太好……不，現在不擔心了。老實說，一切都沒問題了，我才獲得增加特支費，我也獲得批准多用五個人，要求了兩年的兩輛巡邏車預算也通過了，真是要什麼有什麼。銀行提出的一千元破案獎金明天也會到手。一切很順利。

「要不要我轉告賴唐諾什麼事？」

田警長又靜聽對方的說話，一陣笑容使他的嘴從這邊耳朵拉到那邊耳朵。「好的。」他說，把電話掛上。

他轉向我，伸出他的手握住我的手，上下猛搖。

「宓警官要對我說什麼？」我問。

「三個字，」他說：「滾遠點。」

相關精彩內容請見《新編賈氏妙探之23 財色之間》

新編賈氏妙探之22 躲在暗處的女人

作者：賈德諾
譯者：周辛南
發行人：陳曉林
出版所：風雲時代出版股份有限公司
地址：10576台北市民生東路五段178號7樓之3
電話：(02) 2756-0949
傳真：(02) 2765-3799
執行主編：劉宇青
美術設計：吳宗潔
業務總監：張瑋鳳

出版日期：2023年10月 新修版一刷
版權授權：周辛南
ISBN：978-626-7303-15-3

風雲書網：http://www.eastbooks.com.tw
官方部落格：http://eastbooks.pixnet.net/blog
Facebook：http://www.facebook.com/h7560949
E-mail：h7560949@ms15.hinet.net
劃撥帳號：12043291
戶名：風雲時代出版股份有限公司

風雲發行所：33373桃園市龜山區公西村2鄰復興街304巷96號
電話：(03) 318-1378
傳真：(03) 318-1378
法律顧問：永然法律事務所 李永然律師
北辰著作權事務所 蕭雄淋律師

行政院新聞局局版台業字第3595號 營利事業統一編號22759935
©2023 by Storm & Stress Publishing Co.Printed in Taiwan
◎如有缺頁或裝訂錯誤，請退回本社更換

定價：299元
版權所有　翻印必究

國家圖書館出版品預行編目資料

新編賈氏妙探. 22, 躲在暗處的女人 / 賈德諾(Erle Stanley Gardner)著；周辛南譯. -- 臺北市：風雲時代出版股份有限公司, 2023.05　面；　公分
譯自：Shills can't cash chips.
ISBN 978-626-7303-15-3（平裝）
874.57　　112002537

風雲時代

風雲時代